你需要
超越的，
是属于
过去的自己

林宛央 作品

青岛出版社
QINGDAO PUBLISHING HOUSE

图书在版编目（ＣＩＰ）数据

你需要超越的，是属于过去的自己 / 林宛央著. --
青岛：青岛出版社，2018.12
ISBN 978-7-5552-7863-4

Ⅰ．①你… Ⅱ．①林… Ⅲ．①散文集－中国－当代
Ⅳ．①I267

中国版本图书馆CIP数据核字(2018)第245998号

书　　　名	你需要超越的，是属于过去的自己
著　　　者	林宛央
出版发行	青岛出版社
社　　　址	青岛市海尔路182号（266061）
本社网址	http://www.qdpub.com
邮购电话	010-85787680-8015　13335059110
	0532-85814750（传真）　0532-68068026
责任编辑	郭林祥
责任校对	耿道川
特约编辑	郭红霞
装帧设计	古涧千溪
照　　　排	梁　霞
印　　　刷	三河市良远印务有限公司
出版日期	2018年12月第1版　　2018年12月第1次印刷
开　　　本	32开（880mm×1230mm）
印　　　张	9
字　　　数	130千
书　　　号	ISBN 978-7-5552-7863-4
定　　　价	38.00元

编校印装质量、盗版监督服务电话　4006532017　　0532-68068638

建议陈列类别:畅销·励志

被同龄人抛弃并不可怕，
超越自己就是成长。
你想超越过去的自己，
就一定要明白自己的方向在哪里。
比不努力更可怕的是，
你从来不知道自己要什么。

有的人，从不逃避，她接受命运的掌掴，然后坚强地站起来，

向命运之手，拿回属于自己的无数颗糖，

最终苦尽甘来，等到自己的美好生活。

所以，在所有人等着你哭的时候，

别丧，请转身漂亮地擦个口红。

有一天，你回望来时路，
发现公主的水晶鞋，再也蹚不过泥沼，
所以你戴上了皇冠，拿起了权杖，
开辟了一条女王路，那条路，没有退路。

只有当你敢于不断更新自己，

你才能摆脱别人给你的期待，

找到真正的自己，

那是比嫁入豪门爽一百倍的事情。

女人，最输不起的从来不是男人，

而是视野和心境、勇气和底气。

我想把生活从喘气变成呼吸。

不急功近利去求，

不机关算尽去争，

而是脚踏实地一寸寸挣出现在的生活。

懂得和世界握手言和的人，内心都很强大。

强大到敢以温暖为盾，那些人性的凉薄再也无以渗透，

将她的人生牵连出悲凉底色；

强大到能以真诚为矛，勘破那虚伪的一百种笑。

强大到，她懂得：原来自己最可贵。

珍惜你所有的经历，把它们变成一种阅历，
感谢你遇见的所有人，把他们编成一支灵魂战队，
从此以后，那些好的坏的，都会跟着你南征北战。
一个人，唯有经历过岁月洗礼，
才能活得像一支队伍，这是三十岁女性的气场。

二十几岁时，你也许会被各种磨难折磨过，

也经历过不同的城市不同的人群，

甚至被各种各样的底线挑战过，

所以一早就明白自己的界限在哪里，

因此在后半生面对纷沓而至的诱惑和欲望时，

会懂得在什么时候说NO、什么时候说Yes。

目录

目录

目录

目录

第四章 不害怕撕掉标签，才能活得精彩

目录

目录

第一章

你需要超越的，是属于过去的自己

你想超越过去的自己，

就一定要明白自己的方向在哪里。

比不努力更可怕的是，

你从来不知道自己要什么。

超越自己，先明白自己的方向在哪里

时光可以湮灭容颜，当然还有梦想。

早在很多年前，孙俪是电视剧《情深深雨蒙蒙》里一个连正脸都瞧不见的舞蹈演员。2003年拍摄《玉观音》的时候，她的片酬一集只有几千元。因《玉观音》成名，她后来努力拍了很多好的电视剧。拍《甄嬛传》的时候，她一集的片酬涨了很多。2015年，孙俪拍摄《芈月传》，片酬再涨。

和她合作过的演员接受采访时说："孙俪异常勤奋认真。"孙俪说让她感动的却是蔡少芬，拍摄《甄嬛传》的时候，她刚怀孕，为了诠释好角色，她不听任何人的劝导，跪地几个小时，和陈建斌老师演对手戏。

很少有人能想象，除了拍《玉观音》的时候休息过三个月，孙俪几乎没有一天好好休息过。每天半夜三更背剧本，同时还要照顾邓超的生活。

这样的人，不红都难。

和身边的好友聊起这些明星，感慨她们辛酸难言。一个姑娘说："一集给我那么多钱，什么辛酸我都接受。"

其实错了。我们习惯把梦想实现的顺序弄颠倒，不是因为一集很多钱，所以背剧本，而是因为坚持背剧本，所以一集很多钱。

别埋怨，这世上，真的没有什么成功是随随便便的，你不拼命，永远没有机会。

所以，后来每当有人问我说："你为什么那么喜欢孙俪？"我能想到的答案就是：她是那种少有的每一天都在超越过去的自己的人。

这种超越，没试过，你永远不会知道有多难。

人生这个大战场，不进，其实已经是在退步，比如我自己。

拿容貌这件事来说吧。作为一个女人，我永远希望今天的自己比昨天更美：要A4腰，要高级脸，要马甲线。然而，最近我发现自己长得越来越丑了。

A4腰算什么？我的赘肉可以让A4纸反过来；高级脸，不存在的，我的气质叫"土味"；马甲线就更不用提了，我到现在也不知道长在自己身上是什么样子。

不想被丑肆虐，我发誓要减肥。

然而仰卧起坐，只有仰卧没起坐；慢跑只有慢，没有跑；游泳只有泳，没有游。

别说超越过去的自己了，我能保证明天的体重和今天一样，就已经谢天谢地了。

而那些真正敢和自己较劲儿的人是什么样呢？

想起袁姗姗，早年一直被人嫌弃的她，戏内认真，戏外泡在健身房，每天数小时的运动量，让她有了A4腰，有了马甲线，还可以反手摸肚脐，她成了宅男女神，再也不被人嘲笑"滚出娱乐圈"。改变了自己之后，她的好资源也跟着上来。

你说这个世界很功利，有点吧，它看的是一个人的实力。

怎么把一手烂牌越打越好？其实你能做的就是超越过去的自己。

而如何超越过去的自己，我觉得最重要的一点，就是真的别太懒。

前几天，一朋友和我说，他准备放弃梦想了。他从初中开始学习画画，一直梦想成为一名优秀的画家，开办个人画展，现在他决定回到小城，过简单的生活。

他放弃时那难受的样子，让我有瞬间震动。那天晚上我抛给了读者群一个问题：你们的梦想实现了吗？

一时间，群里炸了。

"我的梦想是成为中国首富，现在一个叫马云的替我实现了。"

"我的梦想是当个演员，可是你看我现在胖得连眼都看不见。"

"我的梦想是当个飞行师，现在只能坐飞机时才能想到飞机的样子。"

……

长久的沉默，大家都有些许惆怅。

过了很久，一个读者说："人最痛苦的事情，是我本可以，却没有。"

那天之后，我突然就明白了为什么我们要努力实现梦想，因为不想有遗憾，为什么又放弃梦想，因为坚持太难了。

可是，最好的路，从来都是最难走的。

1999年创办阿里巴巴的马云，考重点小学失败，考重点中学失败，考大学考了三年，还好始终没放弃。

梦想是要脚踏实地的，是和眼泪相关的，不哭过长夜的人，不足以语梦想。

1996年，已经成名的杨澜，怀着一个孩子，念了哥伦比亚大学的硕士学位，做了一档节目《杨澜视线》，怀着孕尚且用命去拼，只是为着一个梦想：做高端访谈电视节目。

她最终成功。

　　这世上根本就没有毫无道理的横空出世，他与她梦想的实现，也许正是因为比我们多坚持了一点。

　　当我们不能坚持，不拼到无能为力，根本没资格管老天要好运气。

　　当然，拼命的姿态是一定要有的，但我觉得拼命的方向也一定要对。

　　有段时间，朋友圈很流行一句话："你不优秀，认识谁都没用。"乍一听，很有道理。这句话的初衷是好的，鼓励每个人都要非常努力，因为当你足够闪耀，自然有人来找你。

　　然而我觉得，有时候你认识的人真的对你很有用，你觉得他没用，不过是他不能为你所用。我一直认为，在成功的道路上，人脉必不可少。我所谓的人脉，不一定要很成功，但他能在关键时刻，让你坚持下去。重要的根本不是你认识了谁，而是你认识的人能让你成为谁。

　　初中时候，发现自己喜欢文字。当时的班主任语文老师非常支持，常常用自己的钱购买一些书籍送给我，并帮我把文章发在当地的报纸，讲真，如果没有她的信赖、帮助与指引，文字这条路我早就放弃了。那时候我物理很差，老师又冷嘲热讽，后来我的物理就再也没有考出好成绩。

　　我们容易走进死胡同，认为你必须很厉害，才会有人帮助你，或者只要有贵人相助，你就能变得很厉害。然而这两者从来不矛盾，梦想要有，背后为你指点迷津的人也要有。

你想超越过去的自己，就一定要明白自己的方向在哪里。比不努力更可怕的是，你从来不知道自己要什么。

最初的梦想要戴上隐形的翅膀，才能带你飞过绝境。梦想一定要有，哪怕最终没实现，至少也曾真真切切。

我们一路急功近利，忘了给梦一个臂膀，我不要你感叹我本可以，我要你说我很可以。

原来自己最可贵

《歌手》第二期，张韶涵唱完那首《阿刁》，我久久不能入眠。当那一句"你是阿刁，你是自由的鸟"，猛然爆发出来，我猜，不少人哭了。

镜头转至场下观众，我看到很多人眼里是抑制不住的泪意。

音乐评论者耳帝说："眼前瞬间浮现出了曾经《寓言》的影子，原来张韶涵还是那么倔强且未被磨平棱角。"

但，在我，却有另一种感受。

当年唱着《寓言》的张韶涵倔强又骄傲，有着诗万首、酒千觞、几曾着眼看人间的少年意气。世间的污浊之气在她的歌声里不曾显现半分粗粝质地。

而如今的《阿刁》，纵然仍有倔强，却又不止倔强。

更有：

棘地荆天，纵一无所有，亦心口写勇；

人心凉薄，纵世道欺我，亦善字当头。

那是一个成年人和世界的死磕。无论如何勇猛，世间的险象仍然刻在了她的岁月里，避无可避。

所以《阿刁》里，多了些无奈，也多了些悲悯，它的主题不在倔强，而在释怀。

张韶涵唱着阿刁的衣着，唱着阿刁的生活，字字句句，全是悲伤。那悲伤如她过去所经历的一切，无限放大、沉淀、附着、汇聚，悲戚到让人不能承受。

还好有那一句似要划破天际的"我是自由的鸟"，那是一个出口，将所有凝聚成河的悲伤，哗啦啦地倒出去，留下一颗最澄明的心。

所以，那一句里，我没听出张韶涵对世界的控诉，只看到了一个正在毫无保留释放自己、与自己达成和解的张韶涵。

那些年的恩恩怨怨，浮浮沉沉，她终于放下了。

节目播出后，张韶涵在微博里说：

"甘于平凡，却不甘于平凡的溃败。经历了这么多年之后，慢慢懂得什么叫作放下。从前觉得许多人都欠着一句对不起，现在也可以让自己试着去释怀。回头看看那些人或事，都会成为生命中遗失的美好。"

忽然，就想起木心那一句："不知原谅什么，诚觉世事尽可原谅。"

你知道吗？人总是要在经历过诸多悲喜得失，反复抱怨、纠结之后，才能懂得"原谅"一词的分量有多重。

人生最艰难的就是懂得与自己和解。

张韶涵用了近十年。

2003年到2008年，是张韶涵最好的几年。

那时候，她红成什么样呢？

在我读书的小城里，大街小巷到处都放着她的歌。《寓言》《欧若拉》《遗失的美好》……她和周杰伦，用歌声覆盖了我的高中时代。

人们都好奇：何以小小的身体可以爆发如此巨大的能量？

形象也够甜美，出演了非常多的偶像剧，《MVP情人》《海豚湾恋人》《公主小妹》当年都火得一塌糊涂，就连现在声名大噪的陈乔恩、霍建华都还在她的剧里当过配角。

歌自然是极好的，演技也可圈可点，一度凭借对演技极有挑战的电视剧《爱杀17》，入围了金钟奖最佳女主角。

那时候，人们对于张韶涵的印象是：平民公主。

当年，还不流行"人设"这个词，如果放在今天，彼时张韶涵的人设贩卖点大概就是：甜美。就连她的代言，也都是这一种气质的，我想，你还能记住的大概有巧乐兹。

可惜，"甜美"这个词，终究是太轻巧。

很快，她就像她代言过的雪糕，甜美过后，融化坍塌。

2008年以后的张韶涵，是不忍细看的。

"家丑"被刻意外扬，一时之间形象崩塌，众叛亲离。曾经汹涌而来推她至潮头的浪潮，又将她翻卷入海，几乎溺毙。

家人的不理解，网友的谩骂，事业的不得已中断，她心里不是不受伤的。最惨的那一段时间，她被爆出来的照片，何止憔悴，甚至已经看出绝望来。

自然，人生总是起起落落，但普通人低谷个几年，是无所谓的。艺人不一样，艺人就是靠着光鲜靓丽才能混口饭吃。

娱乐圈最现实，两三年间天地互换。张韶涵销声匿迹了一段时间，再出来，属于她的好时光，就所剩无几了。

后来和她相关的新闻不再是"哪首歌最好听""哪个角色最让人喜欢"，而是"张韶涵凭什么站C位"，以及和某位旧人的刀光剑影。

她很少出来解释什么。

但那硬着头不服输的姿态里，以及偶尔的辩驳和呛声中，仍然能看出她的介意来。

那些年的是是非非，那些年的被辜负，那颗没被善待的心，那些独自撑过的落寞惆怅，在《阿刀》之前，令她辗转不甘，她始终在等着一句"对不起"。

很较劲儿、很倔强，但我想，应当是不快乐的。

那些不快乐里，除却他人曾经给过的伤害，未必没有一份对自己的怨气："何以，我蹉跎至如今这般境地？何以，我无力，不许人间有别愁？"

那份不快乐里，是：岁月未曾饶过我，而我亦未曾饶过岁月。

可，如果不能饶过岁月，那么就做不到放过自己，而放不过自己，又怎能无挂碍地去生活？

时隔多年，再听张韶涵，我怎么哭了呢？不是心疼，不是感动，而是忍不住心里冒出这样一句话："她啊，终于知道给自己一个拥抱了。"

世道千难万险，抑或一夫当关而万夫莫开，但只要你懂得给自己让出一条路，就终究无谓艰难。

我喜欢张韶涵柔软退身、诚觉世事尽可原谅的姿态，那才是甜美背后，被人忽略的强大。

懂得和世界握手言和的人，内心都很强大。

强大到敢以温暖为盾，那些人性的凉薄再也无以渗透，将她的人生牵连出悲凉底色；强大到能以真诚为矛，勘破那虚伪的一百种笑。

强大到，她懂：原来自己最可贵。

时隔十年，款款而来，张韶涵终于担当得起我心中最可贵的人设：贩卖甜美，内心强大。

就当曾经所有的伤痛，不过是这人设里的一砖一瓦。

你手里最好的那张牌，叫勇气

人生有很多无奈，最刻骨铭心便如佛家所言："爱别离，怨憎会，求不得。"

你有没有遇见一个人，你百转千回、胼手胝足一心想要和他在一起，却只能在时光的无情剥落中撒开手来。

然后终其一生，他成为你深夜里的一个秘密，梦境里的一场幻象。

认识这样一个女孩子。

她喜欢一个人，喜欢了十一年，十一年里，她陪他从最青涩的高中时代，走到了社会的刀光剑影里。

读书时代，会偷偷地往他的课桌抽屉里塞进一个又一个节日礼物；为了能和他上同一所大学，原本成绩一般的她，拼了命地学习；得知他最爱某个歌手的歌，便学会了那个歌手的每一首歌。

只是为了能够离他近一点，再近一点。

当然，渐渐成为好朋友。

经历了高考、大学，后来开始工作，身边的朋友，来了又走，唯独他，一直留了下来，始终占据着她的心。

十一年来，从北到南，她被他的喜怒哀乐牵引，自然也时刻留意他身边的每一个异性。

明明暗夜里，为他百般心碎过，也为他暗自窃喜过。

但那一句"我爱你"，她始终无法说出口。

最初是无意间听了别人一句话："男人都是主动属性的物种，一个男孩子如果真的喜欢你，不用你开口，他自会来找你。"她深信不疑，觉得那男孩一定不喜欢她，为此忐忑多年。

后来，两人情谊深厚，更怕他拒绝，从此连朋友也没法儿做。而那个男孩呢，其实也是喜欢她的，就像李大仁对程又青那样，身边也有其他女孩子出现，但没人能抵过她的分量。

他没选择告白的理由，和她一样，怕，怕失去，怕辜负。

就这样，友情以上、恋人未满地持续了十一年。十一年有多久呢，酒越放越醇，情越等越淡，十一年不是名词，而是动词，是陈奕迅那一句"情人最后难免沦为朋友"。

终于，他们之间，那个男孩转了身，选择了另一个勇敢说爱的女孩。

她在深夜里哭到情难自已，但也终于明白，那些错过的永远不能再回来。那句"我爱你"，对他，她再也没机会说出口。

很多爱，就是这样的，越勇敢，越幸运，越卑怯，越失去。

所谓有缘无分不过是情深却不懂开口；

而所谓天定缘分，不过是靠有人勇敢。

因为不够勇敢，而错过所爱，这样的遗憾几乎时时刻刻在发生。

我最近一直在看一部电视剧，剧情同样如此。男主陆瑾年和女主乔安好，彼此深爱，但陆瑾年因为自己出身复杂，家境不好，在面对乔安好的时候，永远都是一副自卑面孔。

看见有家境好的男孩子靠近乔安好，他便会自惭形秽，自以为那才是乔安好的选择。

而乔安好呢，面对陆瑾年俊朗的外貌、优异的成绩和出色的能力，亦常常妄自菲薄。只要有女孩子围绕在陆瑾年身边，她便会忐忑不安，认为陆瑾年早已心有所属。

明明两个人都爱对方爱到可以牺牲一切，却时时陷入自我怀疑、自我否定，更别提亦常会被人利用。

因为不够勇敢，他们同样错过了十一年。

很多人说，爱情和人生都太虐了。是，过程是很虐，命运的悲戚不曾放过任何人。

但，在我看来最虐的不过是：太多人把人生中唯一一段可以心无旁骛、肆无忌惮去爱的大好时光，统统用来错过。

爱，要趁早，来得太晚，就变了滋味。你说"执子之手，与子偕老"的爱情最动人，可"纤云弄巧，飞星传恨"的金风玉露少年爱，亦是错过不再有。

所以，在爱情上，我从来没怕过，我经得起爱，就经得起心碎。

更何况，没说过那句"我爱你"，你怎么就知道，你得到的一定是心碎？

"我爱你"的回应，可以是"我也爱你"，也可以是"对不起"，但如果你试过，至少能拿到50%的机会，但如果你不试，一无所有。

我非常喜欢那个剧里的男二号，不是因为他够帅，而是在这个电视剧里，他是最敢去爱的人。不管他面对的是怎样一个满脸写着"拒绝"的女子，他始终没有退缩，争取过，努力过，所以无怨无悔。

而我们真实生活里又如何呢？

至少，在我的身边，那些得到了美好爱情的人，都是足够勇敢，亦无所畏惧的。

电影《两小无猜》里说："爱情是勇敢者的游戏。"

真的一点都没错。

不要用等，来决定爱情；不要用运气，来选择你的一生。

爱情是等不来的，运气这东西，也最好别期待。

你手里最好的那张牌，叫勇气。

所以，如果爱，就一定要勇敢说爱，勇敢去爱。

不怕受伤，就不会受伤。

与其羡慕别人过得好，不如羡慕别人的努力

离职的那一天，抱着自己整理好的东西准备离开，一位多年的同事问我："辞职后有什么打算？"我很随意地说："吃喝玩乐，周游世界。"

其实，屁咧。除了吃喝，剩下的事情和我压根不沾边，虽然说不准备工作，但是一入自媒体写作深似海，从此老公变身陌路人。周游世界？哈哈，那是自我安慰。

我能想象得到的生活就是：写字，写字还有写字。

然而同事说："羡慕你这样的，至少看起来自由自在。"她还私信问了我一句："为什么你运气那么好，而我却世事坎坷。"

我回她说："哪儿有什么运气？很多看起来的光鲜靓丽，背后是被你忽略的千辛万苦。"

她很沮丧地说了一句："可是我连看起来光鲜靓丽都做不到。"然后，我也回了她一个私信："那就先让自己吞咽下几分辛苦。"

我一直很喜欢王家卫说过的一句话："人生是一个见自己、见天地、见众生的过程。"那些能见得了别人的人，得先过了自己这一关。

这世界，人人都想穿新衣，买新衫，可是凭什么？凭什么是自己，拿走这份好运气？

很不客气地说，你看起来没那么好，真的是因为你做得不够多，而不是别人运气好。

但人们会习惯性地为自己掩饰，所以当一个人成功，大家的第一反应是：潜规则。要么靠钱，要么靠关系。

有时候我说起身边某个女孩子又美又有钱，总是听到有人说："人家和咱们不一样的啦。"语气里满是不屑。

为什么不敢大大方方承认：别人就是努力又有实力？

之前，和几个人一起吃饭，聊到一个女同事，她在公司晋升迅猛，短短一两年升到部门经理。有人就说："像她这种女孩，够美，一看就是睡上来的。"有混得不如意的，立马跟着附和。

"够美"加重了语气，很高明地引起人们对于漂亮姑娘的偏见，脑补出了一部又一部狗血职场八点档电视剧。

而且所有的职场八点档都必然一个主题：美貌上位史。

连我这样一个爱美的女子，都突然间觉得，"美貌"这个词别轻易沾染，否则来势汹汹，一把被人推到了龌龊的境地去。

我一个年薪百万的女性朋友，直至今天，仍然在被这种舆论伤害："她啊，职位再高也让人唾弃，潜规则来的。"人们始终不愿意相信，一个女人单凭自身努力，也能做出一点成绩。

这个世界对于美貌且能干的女人有一个永恒的中伤模式，毫无创意，从未更新，但百发百中：靠美貌换来的。人们很心有灵犀地自动屏蔽"能力"这个词。

挺没意思的，我是说那些酸别人的人。如果你敢于去正视那些美貌女孩子的努力，用公平的心态来衡量女人在职场的品名，你就会知道她们可以又美又有钱，自有一定的道理。

他们不敢承认她的努力，其实还是露了怯，怕长别人的威风，灭自己的志气。嘴巴那么毒，心里全是苦，看似不敢承认别人的努力，实则不敢承认自己的弱，所以就让"潜规则"来背这个锅。

可惜，世界甩了锅，它承认每个人的努力。

一个劲儿诋毁别人是没用的，省下唾沫横飞的时间，认认真真做点事情，才有机会追上别人那么一点点。

我身边很多又美又有钱，还努力到拼命的人。

我有个朋友，身在外企工作忙得要死，仍然每天以最美的姿态出现，而且坚持每天码字，走到哪里都带着一个笔记本电脑。坐车在写字，坐月子还在写字，有一次去她家，看她蹲在马桶上便秘，都不忘记码一篇小说，瞬间就服了。

活该人家混得好。

还有我喜欢的作家亦舒，几十年来，坚持每天写作，她出版的著作，多到现在我都看不过来。村上春树够牛了吧，仍然坚持跑步、读书和写作，他靠3000日常字谋生。

我从不羡慕别人的生活，羡慕人家过得好，不如羡慕人家的努力。

我有一个闺密特别有意思，有一次我和她说："你看谁谁谁过得多好。"她反问我一句："你怎么不说她睡得有多晚？"

闺密说："她付出的代价我付不了，所以，她得到的我也不稀罕。"

我挺喜欢这样的姑娘。她的心不瞎，她珍惜自己拥有的，也肯定别人得到的。不做无谓嫉妒，也不恶意中伤，始终尊重每一份付出。

贬低别人的付出，是在给自己的软弱找借口，打击的不是别人的面子，而是自己的脸。你一定很堕落吧，所以才不敢承认别人的坚持。

　　这世上，到底有没有潜规则，不是你该关心的问题。即使有，最终还是被实力潜，被努力潜，被认真潜。

　　这世上有两种人，一种是看到别人过得比自己好，就明枪暗箭地去诋毁；另一种，是承认别人的优秀，取长补短，后来也过上令人羡慕的生活。

　　比起掩耳盗铃，虚张声势地去诋毁认真生活的人，我更希望你做一个敢于承认别人就是比自己美比自己有钱的人。

　　因为唯有你清空了心里的嫉妒，阳光才能照进来。

所有讲究的生活，其实都是不愿意将就

快过年了，一帮老同学在群里聊得很嗨，然后大家各自问了回家过年的时间，想着组个局，叙叙旧，再杀几盘狼人杀。

一时间，群里消息闪个不停，只有老同学A半天没回应。大家纷纷@她，过了好半天，她终于回复了一句："我今年就不回家过年了。"

像我这种八卦之魂熊熊燃烧的人，当然会忍不住问一句："为什么？"

结果既在我意料之外，却也在情理之中。

她说："我今年三十岁了，还没有结婚。"

是的，因为没结婚，她不敢回家过年，宁可在大年三十的夜里，忍受着孤独，在万家灯火中泡上一桶方便面，也不要回家应对那种疯狂被催婚的局面。

基本上，从二十五岁那一年开始，只要她回家，就会被家里逼着去相亲，一开始父母和亲戚还会对相亲对象的条件有要求，二十八岁以后，基本上只要性别是男，身体健康就够了。家人以她嫁不出去为耻。

所以今年，索性不回家，直接断了别人的闲言碎语，杜绝了那种带着歧视的指指点点。

你以为这是个例吗？我另一个三十岁还没结婚的小学同学也说，她现在最怕的就是过年。

"亲戚间见面，没人祝我新年快乐，永远都在问，找对象了没？结婚了没？还有很多人和我爸妈说，你女儿是不是有问题，所以才单身到现在。我不过就是没结婚，怎么就成了罪大恶极？"

是啊，我们谁能料得到，有朝一日，"没结婚"，竟然成了很多人不回家过年的理由。

大家永远都在催他们完成和别人一样的人生，却没有人真正关心他们为什么没结婚，老一辈的人永远不懂"嫁给爱情"这样的字眼。

我弟二十五岁还没谈恋爱，认认真真告诉我妈"我没碰到心动的"，但我妈立马甩过去一句："心动能当饭吃吗？"

所以，聊不下去。

在父母眼里，结婚生子就是天然正确。

可我们不一样，真的不一样。时代早已发生变化，现在的我们经济独立，那么有一点精神上的追求难道不是理所当然吗？

当然，不是所有人都懂所谓追求的，在世俗眼中追求等于另一个词：作。所以众人给予那些不从众的人，往往多是奚落、白眼、逼迫。

越是过年这样的日子，他们越难熬，究其原因，还是因为他们选择了一个不符合传统的观念、不符合大众期待的人生。

我们生活的这个环境，又偏偏乐于接纳共性，不太容得下个性，所以，任凡那些与大众认知有偏差的人生，都注定是要负重行走的。

比如二十多岁，工作稳定，但不愿意谈恋爱；比如，三十岁不结婚，仍然期待爱情；比如结婚多年，始终没有孩子……

基本上对于这种坚持做自己、不愿将就的人而言，过年就是：找对象了没？结婚了没？生娃了没？

相信我，因为我也是其中之一，如果你回答"没有"，接下来一定是各种没完没了的狗血猜测。

可，这世上，有几个人愿意被没完没了地问起自己的私事呢？

网上有这样一个段子，说是过年的时候如果七大姑八大姨总是逼婚又逼生，就这样怼回去：

"大妈，您给您儿子买房了没？多大啊？"

"大爷，您闺女结婚了吗？对象干吗的？"

"大婶，您今年股票赔了多少钱啊？"

……

我问我妈，说如果真有人那么问你们，你们什么反应。我妈说，挺生气的，怎么能哪壶不开提哪壶呢？

可是，有多少七大姑八大姨想过，当你们一遍一遍地逼着我们结婚生孩子的时候，不也是在无视我们的尊严吗？

谁不想高高兴兴结婚，嫁给自己喜欢的人，一辈子天荒地老？

谁不想和深爱的人，生个可爱小宝宝，从此过着幸福的生活？

只不过还没等到老天赐予这样的好运气，只不过各有各的生活、各有各的无奈罢了。

那些三十岁尚未结婚的人，你了解他们的生活吗？你了解他们的无奈吗？你了解他们曾经受过的伤、流过的眼泪吗？如果没有，你凭什么认为他们没过上和你一样的生活，就是错的？凭什么，你才是正确的？

而那些结了婚尚未生孩子的人，他们也有自己的苦衷。我有一个同事，结婚很多年，没有生孩子，每一次过年的时候，亲戚都会问她一句："喂，你怎么还不要孩子啊，也该要一个了，要不然年纪越来越大，风险也更大。"

每一次她都笑着回答："我想在事业上再拼几年。"可是回家之后，她一个人窝在被子里哭得不能自已，她不是不想要孩子，只是身体原因，仍需调养。

　　她说她特别不明白，为什么总有人在不了解别人生活的时候，却总是热衷说服别人，努力让别人过和他们一样的人生？

　　也是因为这些朋友，我几乎从不问别人："为什么不结婚？为什么不生孩子？"

　　因为我知道，有时候，我们看似好心的关怀，会给别人的人生上一道枷锁。

　　这个世上，每个人都有自己的无奈，你过得好，那是你幸运，但别一不小心就用你的优越感伤害到那些正在挣扎的人们。三十岁没结婚的人，知道自己在做什么，他们比任何的旁观者更关心自己的人生，只是有些话，不想说给旁人听。

　　每一个被逼婚的人心中，都藏着一段往事，住着一个不将就的灵魂。我们要做的，不是硬生生揭开那道伤，而是去理解、去尊重。

　　真正的关心，不是用自己的生活观念去改变、绑架别人，而是理解他的过去，尊重他的现在，相信他的将来。

　　给每个尚未结婚的人一点空间，让他们按照自己的方式去生活，别让他们仅仅因为单身就失去了过年的资格。

　　这个春节，别再对你身边的人逼婚了，好好地说一句："新年快乐。"祝愿他们都能得到自己想要的。

　　我今年三十岁，未婚，可我真的很想回家过年。

谁不是一边丧着，一边燃着

2017年的最后一天，在从日本开回上海的游轮上度过。我在游轮的第七层看告别表演，同行的朋友柳主任在甲板上喝酒，她说："要夜夜笙歌。"

我给她发去微信："人生苦短，不夜夜笙歌干吗呢？"

而那个时候，承载了成千上万人的大游轮，刚刚进入它最喧闹的时刻，丝竹笙歌入耳，灯红酒绿入目，涌动的人群，摇晃的酒杯，都在期待着进入一个更盛大的来年。

值此良辰美景，最让人迷惑，有一种孤独的味道狠狠剜进心里。跨年，是最适合追忆旧时光的契机，除了感慨一句"人生苦短"，还能说些什么呢？

这就是为什么，我们会在一夜之间被"十八岁的旧照片"刷爆朋友圈，想一想，真是要深深叹一句"流光容易把人抛，红了樱桃，绿了芭蕉"，就连"90后"，也在今天就要告别十八岁了。

一代人的芳华，转瞬即逝。在时代的滚滚洪流中，岁月簌簌而落，又有谁能幸免呢？纵然我们仍然谈笑风生，但有些失落无论如何掩饰，仍然会在夜半无人之际，辗转落入孤枕。

所以此刻，正在翻看十八岁老相片的你，会不会也有一点伤感：曾经拥有的如海一样翻涌不息的纯真，如今还能留下多少？

想起自己的2017年，你又会用什么样的关键词来做个回顾：油腻，佛系，还是人到中年不如狗？

很不想承认，但这一刻，我再也不想给自己打鸡血，2017年的我，真的真的油腻过、佛系过，更有无数个瞬间，自觉，丧到不如狗。

何以油腻？这真是避无可避的事情。年少时，不必独自抵抗风雨，没那么多斤斤计较。人到中年，凄风苦雨，刀光剑影，没那么点成年人的世故算计，怎捱得过别人泼你那一身腥。

但凡艰难谋过生活的人，都对"荤腥"这个词，爱也不是恨也不是。

何以佛系？那看似云淡风轻的不争里，其实是在用自己内心深处存留的一点点真，在和世界的潜规则较劲儿。如果没有这一点佛系价值观，感慨芳华已逝之际，对镜自照，只怕又要多叹一句"终于，我也变成了当年最讨厌的自己"。

而至于颓丧如狗，何用我多谈，身为成年人，又有谁不会有那么几个瞬间想去死一死呢？每一个站在悬崖边、挪动了一只脚、又慢慢退回来的人，还不是想要再苦苦撑一撑。

灯红酒绿里，摩肩接踵的高楼里，风雪无声覆盖的街道上，住着亿万万踉跄的灵魂。

这就是在期待着盛年的我们。

多么诡谲，层层面面的我们折叠在一个躯体里，可谁又不是如此呢？世道底色凄凉，太单薄的灵魂，撑不到最后绚烂一刻。

那么，来年，我们又在期待什么呢？

可能，仅仅是在朋友圈，你都能看到几百种的祈愿。也许是身体良健，也许是生活顺遂，也许是不再苦苦挣扎纠结……

其实，我们期待的不过是一种心安，不过是灵魂的不再踉跄，每一年我们期待的都是和过去的自己相比，只要有机会，不做面目全非的自己。

那么不一样的我们，到头来，都不过只有这一个最朴素的愿望。

难吗？

我不敢说不难。这人生，譬如朝露，去日苦多。

可为什么我仍然期待？不过是，我也知道，那些我经历过的每一年，都在给我的灵魂装上盔甲，盔甲终成战车，送我入无人之境。

所以，怕什么呢，既然和这个世界死磕了这么多年，从来没认怂，不妨再多走几步，让它看看这个不认输的女孩。

丧的时候，回头看看自己来时的路，你就知道走下去比走回去容易太多。所以我希望你怀念自己的十八岁，懂得回顾过去，就没什么扛不住的。

可是，看完了十八岁的照片，更要记得给此刻的自己一个拥抱：真好，有机会去怀念，真好。

所以，你问我何以解忧。

答案是：唯有挺住。

从生存挨到生活，你要跳过生活设置的重重障碍

2011年，我二十一岁，大学毕业，收到应聘公司的offer（入职通知书），一个人来到了现在生活的城市。怀揣一张毕业证和大学兼职剩余的几千块钱。

我对自己说："你得在这个城市活下来。"一个人，吃住是最大的问题。我最先的考虑是住在公司附近，找了几家中介问了一下房租，我就傻眼了：哪怕是最小的房子，我也无力承担。

和很多人一样，我最终选择了城中村，环境脏乱差，和周星驰的《功夫》里你所看到的场景一模一样。卫生间是公

用的，厨房是没有的，衣服像彩旗一样从一楼一直挂到了十几楼。楼道里常年都是湿答答的，泛着贫穷所特有的潮气。

房东大叔为我打开其中一个屋子，我看了看那张小小的床，觉得沮丧极了。要知道就在前一个月，我还在和同学把酒话未来，描述自己心中理想的房子，就算不能面朝大海，至少也要有一扇大大的落地窗。

可眼前，只有一个大叔拍着我的肩膀说："城中村，梦想起飞的地方。"我很怀疑，这样潮湿的环境能滋生怎样的梦想？但就这么住了下来。

那时候我想，我一定要好好工作多挣钱，趁早搬出这个破地方。

城中村是个很奇怪的地方，我更喜欢称它为"村中城"。一个小小的村子，囊括了城市的声色犬马，酒吧、KTV、餐馆、服装店，应有尽有，当然基本都很廉价。

可即使是那种廉价的奢侈，我也消费不起。通常我只是穿过长长的小吃街，买两块钱的小菜拎回家，边吃边熟悉报社的一些策划啊、流程啊之类的。要把钱留下来解决基本的温饱啊，毕竟距离拿薪水还有一个月的时间。

生活的美妙，往往在于它的出乎意料。到了发薪水的日子，我没领到薪水。那一阵公司重组合并，财务上的流程没有走完程序。所以，我更穷了，渐渐地，连晚餐那两块钱的小菜也省掉了。住在隔壁的姑娘问我："咦，你最近怎么都不吃晚饭了？"我笑了笑，回她："减肥啊。"然后关门忍着饿，继续出策划、写专栏。

一直到我工作的第三个月，薪水也没有发下来，我手里能用的钱只剩二十元。当然我可以开口管爸妈要，但一想到毕业了还做伸手党，觉得不好意思，所以我就逼自己再忍忍看。

接下来的一周我靠吃挂面度过，用一个电热杯煮点面，配一点咸菜，那是我最穷的岁月。

我觉得快撑不过去的时候，有个同学告诉我说，她认识一个摄影师，可以拍一组淘宝衣服的穿搭，酬劳是500元，我就同意了。照片快拍完的时候，主编给我打电话，说有个很急的稿子让我赶一下。我于是匆匆拍完，妆也来不及卸干净，浓得掉渣的粉糊在脸上，成片地掉。但我没时间注意这些，背着包就往网吧赶。

走到城中村口的时候，一个男人给我递了张纸条，上面是他的手机号码。我印象非常深刻，因为他对我说："多少钱一晚？"我呆立在那儿一会儿，捏紧那张纸条走了，我当然没有给他打电话，但那张纸条我留了很久，我想记住那种耻辱感。

之后，我拿了其中400块钱批发了一些女孩子的饰品，在晚上下班的时候练起了摊，因为款式新，价格也便宜，竟然很畅销，不到一个月，我赚了两三倍。练摊最多到9点半就结束了，我强迫自己看书或者写两个小时的文字，那时候，也没什么具体的概念，就是写一写平常读书的感悟，以及影评啊、鸡汤啊之类的。

　　其中一篇，因为被一个比较出名的杂志选用，北京一个出版社的编辑刚好看到，觉得不错，就联系了我，她对我说，她要策划一本必读经典的书评类的书，希望我能写几篇样稿，如果通过审批，就签合同，交了稿就可以拿到一万块钱。

　　那时候我没钱，也想尝试一下，就同意了，她对我说，你只有一晚上的时间，1.5万字的样稿，明天早上开选题大会，八点之前要是我还收不到稿子，就算了。

　　可是那时候我连电脑都没有，平常写专栏，写自己的东西，都是先写在日记本里，第二天趁午休敲在公司的电脑上。

　　所以我只能去网吧，那一天我在网吧写了一整晚，周围人声嘈杂，我戴着大大的耳机，靠强大的念力驱散烟味、泡面味才能进入自己的世界。

　　第二天早上的六点钟，我把稿子发过去，两天后，编辑告诉我通过了。

　　之后，我逐渐告别了那段最穷的日子。从月薪两三千，到现在衣食无忧，有车有房，彻底在这个城市扎下根。

　　写作这条路也越走越宽，从一开始给人当枪手，到后来接到了影视约，现在又开了自己的公众号。

　　后来有人问我说，想成为一个有钱的姑娘，难吗？

　　我不想说违心的话，只想说，难，真的难。从毕业到现在整整六年，每天下班后的几个小时，我都在拼命写作，拼命学习新的东西，记不清有多少个晚上，从月色朦胧写到黎明已至。

爸妈生病住院，我一边照顾他们，一边等他们休息了之后，蹲在医院的走廊里写稿子，还要替老板搞定难缠的客户，拿出最精准的数据。和老冯去旅行，他开车，我窝在后座，提前给客户出策划，为的就是能够挤出一点玩的时间。

不仅仅是我，我认识非常多现在看起来过得很好的姑娘，曾经都被生活狠狠地折磨过。

她啊，刚三十岁就升到了公司管理层，可是再往前几年的她啊，花几十块钱买份酸菜鱼，吃完鱼，吃酸菜，吃完酸菜，用汤下面，真的把一份酸菜鱼，吃到酸掉。

她啊，现在年收入百万，可是我见过那样的她，躺在病床上，一只胳膊挂着点滴，另一只手在键盘上完成了一篇专访，爸妈打电话叮嘱她说不要太累，她说："不会不会，我现在到处玩呢。"

人前永远都是笑啊，但深夜里哭得比谁都凶猛，但终于我们也都成了当初想成为的自己。

所以这些年来，每当别人问我最骄傲的事情是什么，真的就是那一句很鸡汤的话：还好我没放弃。

从生存挨到生活，把喘气变成呼吸，并不是一件容易的事情。你要跳过生活给你设置的重重障碍，打败一次又一次的绝望，熬过日复一日的辛酸，躲过绵绵不绝的轻蔑，才挣回那么一点点反击的资格。

曾经穷到要死，现在又美又有钱还到处去浪，让我一直撑到这一刻的究竟是什么？

我想，有一点向死而生的勇气，还有一点朴素向上的力量。如果非要说，有什么是贫穷生活里值得珍惜的，那一定不是贫穷本身，而是贫穷生活里的那颗素心——那颗朴素地想把生活往好了过的心。

因为我想把生活从喘气变成呼吸。不急功近利去求，不机关算尽去争，而是脚踏实地一寸寸挣出现在的生活。

所以，那段贫穷的日子里，使劲儿地抬手去碰一碰好生活的自己，才是最好的。

第二章 ——

不要随便评价别人的人生

不稳定和稳定，

死拼和甘于平凡，

只是一种方式对另一种生活方式，

没有哪一种应该有爆棚的优越感。

出去看看世界，就是更新自己的契机

最近这一年，一直在体验一种新的生活方式。

自从去年辞职做了自由职业者之后，每隔一段时间，我都会去一个新的城市，在那里住上两周，不单单是去旅行，最重要的是踏踏实实地去体验当地人的生活。

我花了一年时间，从南走到北；和一群潜水爱好者体验潜水；也跟着几个朋友从四川出发，骑行至西藏；后来到了华山，当地人说，你一定要感受一下夜爬华山，在最黑暗的时刻，等待黎明将至，于是我就真的爬了一晚上的山；去了厦门之后，也和本地的年轻人一样，挑上风和日丽的一天，在环岛路上吹着海风，骑着自行车。

每去一个城市，我都会切换一种生活方式。

这些城市之中，有的节奏很快，比如北京、上海，行人步履匆匆，约人见面都是在工作中抽出那么一点时间，常常会让人想起张爱玲的那一句："在这夸张的城里，就是栽个跟头，只怕也比别处痛些。"

但也有些节奏很慢，比如成都、长沙、西安、三亚等等，在这些地方，仿佛只要有了陪伴你的人以及喜欢的食物，其他的都不重要，安逸得极容易让人记起童年那悠长的假期。

基本上，每个城市都有自己的气质，而这些气质又在不知不觉中影响着你。

我一直和朋友说，最近这一年，是我变化最大的一年，倒不是因为工作上的重大调整，而是这一年的旅居生活，让我越来越相信世界绝对不止你眼前所能看到的这一小片天地。

年轻时，多去看看世界，你会发现自己越来越不一样。

对我而言，最重要的是视野越来越开阔。

因为每到一个新的地方，你都会接触到新的人群，这些新的人群对待生活的方式，可能和你是不相同，甚至是完全相反的。

三毛曾经这样形容过她初到撒哈拉沙漠的感受："一种极度的文化惊骇。"

她写过《芳邻》《娃娃新娘》等很多刚到撒哈拉沙漠时和

当地人相处的故事，那种完全突破了自己认知极限的生活方式和观念，曾经让三毛后悔过、害怕过。

然而后来，当真正在这里住下来，用一颗更开阔的心去接纳这个全新的世界之后，三毛开始渐渐改变，所以后来才有了《悬壶济世》《荒山之夜》《中国饭店》那么多潇洒的文章。

撒哈拉影响了三毛的一生。

撒哈拉之前，三毛是苍白的、忧郁的、迷惘的，个性很消极；撒哈拉之后，三毛的风格就变成了健康、豁达、洒脱不羁。

她在一次采访中说："在撒哈拉定居下来后，几乎抛弃了过去的一切，我成为他们中的一分子，个性里逐渐掺杂他们的个性，不可理喻的习俗成为自然的事。撒哈拉人是很幸福的一群人，他们从不抱怨，也许知道时局，但不关心，无所谓名，也无所谓利。"

三毛在沙漠里学到的最大一门功课就是"淡泊"，她身上那种悲天悯人、对世事尽可能原谅的情怀，正是受了撒哈拉之广袤的影响。

三毛一直爱旅居，短短十年，遍历大半个地球，原因她自己说过："我不爱景，但爱人。"

是的，多去看看世界，最重要的从来不是去看景，而是在人群中更了解生活的意义，从而不断地更新自己，这就是我所谓的眼界。

可当一个人困囿于眼前的一尺见方，他得到的是什么？

偏执，以及自以为是。

他不能理解，为什么这世界有人和他不一样，他把别人的不同，当作是不对的，或者偏离主流的，本能地排斥着那些不同于自己的生活方式，终于，他的世界越来越小，连好奇心也逐渐丧失。

这是非常可怕的事情。

我一直以为，看一个人是不是足够有眼界，就看他如何对待一个和自己价值观不相同的人。是尊重理解，尝试着去接纳，还是用自己封闭的眼光，直接否定。

而看一个人仍然年轻，还是早已老去，看的不是容貌，而是那颗心，是否仍对世界保持着好奇，又是否还保留一丝纯真。

但一个看过了世界的人，绝对不会永远活在一种价值观里，他们不会嘲笑那些经济落后的地方，而是转而用更多元的价值观，去欣赏他们对生活的淳朴之态；他们也不会过分迷恋那些世俗的成功，因为他们见过不同的城市、不同的人群，更明白金钱不是唯一的追求。

所以啊，趁年轻，多去看看这个世界。

你会遇见很多大欢喜、小悲伤，在人山人海中，不断重塑自己的价值观。

这个世界有无数的可能性，不是隐藏在网络里就能想象的，如果你不出去走走，你永远不知道，曾经的自己是多么狭隘。

那么你很轻易就会活成别人期待的样子，一路遗失那个独特的自己。而当你见过各种各样的人群，拥有了不同的价值观，你会知道，那个和别人不一样的自己，是美好的，是正常的，是值得善待的。

三毛、张爱玲始终特立独行，就是因为她们心中住着大海和星辰，所以她们的脚步更有底气。

三毛在《雨季不再来》里这样写："过去被我轻视的人和物，在十年后，我没了那种想法，我也慢慢减淡了对英雄的崇拜。我看一沙，我看一花，我看每一个平凡的人，在这些事情的深处，才明白悟出了真正的伟大和永恒。"

真正的永恒，不是不变，而是变。变得更包容，更多元，更广袤。

人，是可以改变的，只是每个人都需要契机，而多看看世界，就是那个最易得的契机。

什么才叫伟大的人生？不是挣多少钱，也不是爱多少人，而是不断地更新自己，找到自我，然后融合到你所能达到的不同境界中去。

世界再大，大不过一盘番茄炒蛋

　　看过一组H5广告《世界再大，大不过一盘番茄炒蛋》，内容很简单，却引起了很多人的共鸣：

　　一个刚到美国留学的男孩子，打算在聚会上做一盘番茄炒蛋招待朋友，以更好地融入新环境。可是，自己什么都不会，于是发微信向妈妈求助。

　　妈妈发来语音教程，他按照妈妈的语音去操作，然而语音嘈杂，因为爸爸一直在插话，两个人抢着教儿子做菜（这个细节，我觉得超感动，我爸我妈每次也这样，总是抢着想和我们说话）。

再加上朋友们又都纷纷发来语音，问他是不是做好了菜，这个男生就不耐烦了，给自己老妈甩去一条语音："妈，你这发的什么东西啊，我听不清楚，你这不行。"

没过一会儿，妈妈发来视频，视频里妈妈亲自下厨，现做了一盘番茄炒蛋详细解说了制作过程。

男生在视频教程的帮助下，完成了番茄炒蛋，并得到了朋友们的一致称赞。然后，其中有个人得知他来自中国，闲闲问了一句："中国和美国的时差是多少？"

男生回答说："十二个小时。"

这时候他才意识到，当他于美国时间16：00为了一盘番茄炒蛋向妈妈求助的时候，中国时间才凌晨4：00。

字幕此时给出爸妈的心声："想留你在身边，更想你拥有全世界。你的世界，大于全世界。"

我哭了，因为几乎一模一样的话，我妈也曾这么对我说过。

当年大学毕业，离开父母到一个新的城市打拼，虽然没有像视频中那个男生一样，漂洋过海。但我妈在我离开家的第一个月，几乎就没睡过踏实觉。

有一次早上接到她的电话，她提醒我穿厚一点，说是家里下雨了，怕我这里也开始冷起来。我用微信和我弟闲聊，无意中问起家里是不是雨下得很大，我弟愣了一下说："没下雨啊？"

后来我才知道，那天不过是深夜两三点钟落了一点点雨，而她，担心自己远在千里之外的女儿，所以一夜无眠。

这世上有一种爱是：你问她昨夜睡得好不好。她回答说：昨夜风疏雨骤。那句好不好不忍再问。

那一段时间，她给我打电话打得特别频繁，工作上事情多，压力大，我常常会很烦，在电话里抱怨她："你如果那么不放心，干脆就让我什么也不做，天天留在你身边得了。"

她却说："很想把你留在身边，却又怕耽误了你的前程。父母的世界是儿女，儿女的世界却很大。所以，最重要还是你们过得好。"

世界再大，大不过一盘番茄炒蛋，说的不是儿女，而是父母。

你可能永远想不到，你那相爱了一辈子的父母，会为给你做一盘番茄炒蛋而吵翻天。

最近，因为我姐出月子回娘家，我也回了老家，陪爸妈住一段。昨晚，我姐说想吃番茄炒蛋，我妈就赶紧进厨房去做。

端上来的时候，我吃了一口，然后开玩笑说："妈妈，你做的番茄炒蛋，蛋是蛋，番茄是番茄。"

我爸听到，看了一眼那盘番茄炒蛋，便开始埋怨我妈做饭偷懒，总是把蛋炒熟了，把番茄往里一倒了事。

他担心我们吃不好，所以一边数落我妈，一边非要起身重新去做。

好像一直以来，他们的争吵都是围绕我们。

我爸总嫌我妈这个做不好那个做不好，但说到底，是怕我们不好；我妈总嫌我爸不懂得和我们好好沟通，埋怨他脾气不好，其实怕的仍然是我们不好。

他们会因为一盘番茄炒蛋的味道而互相埋怨，也会因为声音太大打扰了我们休息而彼此指责，永远都是一些小得不能再小的事情，只不过因为和儿女有关，就成了天大的事情。

而这，我相信不仅仅只是我的家庭写照。

这个广告刷屏的当天，我采访了自己身边的一些好友，试图找到比番茄炒蛋更让人动容的答案。

我得到这些故事。

Amy：我爸是个独生子，一辈子娇生惯养，却在我孩子出生的那段时间里，因为心疼我，在大冬天里洗了上百块尿布，一双手都生了冻疮。世界再大，也大不过一个父亲对女儿的爱。

MOMO：过年回家，提前打电话和我妈说想吃饺子。回家的时候发现厨房里有各种各样的馅料，我妈说，担心我这几年口味有变化，所以多准备了一些……世界再大，也大不过被我妈包进饺子里的那一点馅料吧。

……

我，回头看看自己的老爸，他在厨房里认真做菜的样子，就好像，那一刻，世界再大，也大不过女儿想要的一盘番茄炒蛋。

可是，身为女儿，我也不得不承认：那盘比世界还大的番茄炒蛋，纵然让我感动，却成不了我的全世界。

当我奔赴在未知的茫茫路途，那盘番茄炒蛋，是最温暖的底色，也是最容易被我忽略的角落。很多时候，一些梦想，一些爱情，甚至仅仅是他们的老去所带来的代沟，都能让我把这盘番茄炒蛋端到一边，直至凉掉。

父母与子女这一生，前者总觉得自己有所亏欠，后者一直在亏欠。

想起龙应台在《目送》里，这样描述她和儿子的关系：

"十六岁，他到美国做交换生一年。我送他到机场。告别时，照例拥抱，我的头只能贴到他的胸口，好像抱住了长颈鹿的脚。他很明显地在勉强忍受母亲的深情。他在长长的行列里，等候护照检验；我就站在外面，用眼睛跟着他的背影一寸一寸往前挪。

"终于轮到他，在海关窗口停留片刻，然后拿回护照，闪入一扇门，倏忽不见。

"我一直在等候，等候他消失前的回头一瞥。但是他没有，一次都没有。

"……

"我慢慢地、慢慢地了解到，所谓父女母子一场，只不过意味着，你和他的缘分就是今生今世不断地在目送他的背影渐行渐远。你站立在小路的这一端，看着他逐渐消失在小路转弯的地方，而且，他用背影默默告诉你：不必追。"

父母与子女这一生，父母一直在试图靠近子女，而子女却一直在告别父母。

一个朋友告诉我说："从儿子三岁上幼儿园那一年起，他就已经开始远离我们。属于孩子和父母的最贴心时光，停留在他没有新世界、只有妈妈的前三年，所以要珍惜。"

然后，我回忆自己的这三十年，纵然满心愧疚，也不得不承认，事实的确如此：从生下我那一天起，我成了我妈的全世界，可从我直立行走的那一天起，我的世界，注定了越来越大，而父母越来越小，变成渺小的一个圆点。

而比这更让人难过的是，渐渐地，他们认命，不再试图靠近你。

目送儿女背影的龙应台同样目送父亲的背影，那背影却是另一种情形：

"火葬场的炉门前，棺木是一只巨大而沉重的抽屉，缓缓往前滑行。没有想到可以站得那么近，距离炉门也不过五米。雨丝被风吹斜，飘进长廊内。我掠开雨湿了前额的头发，深深、深深地凝望，希望记得这最后一次的目送。

"我慢慢地、慢慢地了解到，所谓父女母子一场，只不过意味着，你和他的缘分就是今生今世不断地在目送他的背影渐行渐远。你站立在小路的这一端，看着他逐渐消失在小路转弯的地方，而且，他用背影默默告诉你：不必追。"

年轻的时候，是不懂这一句"不必追"的，但现在，终于明白：父母与子女这场关系中，最孤独的永远是父母。

所谓孤独，就是有的话无人可说

那天，和老公一起开车回老家，途中，又接了一个从小一起长大的朋友。

因为放假，没有工作在身，我俩都觉得特别放松，一路上聊得兴致勃勃。从高中时代彼此出过的糗，聊到了大学时代两个人一起逛过的街，以及某家很有特色的小吃店，再接着就聊到了现在，说起这些年两个人旅行走过的地方、遇见的人。

坐在后座的朋友看我俩聊个没完，叹了一口气。

我问："怎么了？是不是我俩话太多，影响你休息。"

他摇摇头说："不是，是突然觉得，很羡慕你们如此聊得来，我和我老婆几乎已经没什么交流。"

朋友近几年工作很忙，三十岁左右的年纪，正处在事业的上升期，所以加班、出差都是常有的事情。

他老婆前年生了孩子后就辞职在家。从此以后，两个人的婚姻状况就变成了：他出门上班时，老婆和孩子还在睡觉；他下了班回家时，老婆已经开始哄孩子睡觉。

偶尔有那么几次，他工作上遇到烦心事，很想和老婆聊一聊，但是刚一开口，老婆却说："我累了，早点睡吧。"

渐渐地，两人无话可说。

从最初想说却彼此没给机会，到后来有机会但谁也不想开口。

他也理解老婆，带孩子就是极其辛苦的一件事情，但他也终于在婚姻里开始感到孤独。

他说："你们知道吗？以前听歌里唱'坐着摇椅，慢慢聊'，说这算什么浪漫，现在光是能聊到一起这件看起来小到不能再小的事情，却变成了我最深的渴望。"

你有这样的渴望吗？你有因为在婚姻里无话可说而感到孤独吗？

过年老朋友聚会的时候，也许是喝多了，借着酒劲儿，大家都说了很多心里话。其中有一人问："你在婚姻里最绝望的一刻是什么？"

另一个已经在婚姻中走过八个年头的朋友回答："不过

就是，在某个深夜，忽觉人生清苦，看到躺在身边的人，拥住他，想说一两句话。他抬了抬手，扫开我的臂膀，骂咧咧地说，'烦不烦，让不让人睡觉了。'"

漫天星辰，月落乌啼，灯火明灭，人声沉寂，孤独得可怕。

只此一句话，满桌无言，大家都端起酒杯。

你以为婚姻里最可怕的是没钱吗？你以为婚姻里最让人绝望的是吵架吗？不，婚姻里最让人难以忍受的是：我们日日相对，夜夜同眠，可却做了最熟悉的陌生人，你不懂我在说什么，我也走不进你的心里去。

亦舒在《曾经深爱过》里写过一对夫妻。

结婚十年的某天，丈夫出差归来，发现妻子不在家，一开始以为她是去朋友家里，数天未归，才觉事情严重，请来做私家侦探的朋友帮忙。

侦探不过在两人家里待了数小时又和丈夫聊了几句，就判断妻子乃是离家出走。

丈夫自然不信，因为他自己找不到妻子离家的原因。

"我们并没有吵架，她也没有表示过什么不满。我们一直是一对模范夫妻，两个成熟与独立的人因爱情结合在一起，她有她的事业，我有我的事业，在必要时又可以互相扶持。这样理想的关系，毛病出在哪里？"

毛病出在：他们的确不吵架，但他们早就无话可说。

丈夫完全不了解妻子的爱好，也不了解妻子的需求，在侦探给他的关于妻子的100项测试里，他连最基本的，比如她的生日、她喜欢的颜色、她心爱的食物、她是否有阅读习惯，全部一无所知。

而这些，完完全全作为外人的侦探不过是多注意了一下家里的环境，观察了妻子的起居室，就已经搞清楚，可见丈夫对妻子的忽视，已经到了什么地步。

直到妻子决定再也不回来，他才意识到原来两个人早已不是那种可以坐在一起商讨青菜肉类价格的夫妻。

没有出轨，没有背叛，没有婆媳矛盾，也没有经济上的窘迫，两个曾经深爱过的人，最终因为在婚姻里的"无聊"，而走到了尽头。

有时候我们总以为鸡毛蒜皮是对婚姻最大的伤害，后来才明白"无聊"才是婚姻最大的威胁。

而，什么是"无聊"呢？

我喜欢尼采的这段话："婚姻生活犹如长期的对话——当你要迈进婚姻生活时，一定要先这样反问自己——你是否能和这位女子在白头偕老时，仍谈笑风生？婚姻生活的其余一切，都是短暂的，在一起的大部分时光，都是在对话中度过的。"

没的聊，就是无聊。

其实，在婚姻中，我不是一个脾气特别好的人，常常三言两语，就忍不住和对方吵起来。吵得最厉害的时候，我也曾问过我妈："你难道就不担心我们会吵散了？"

我妈却说："你俩话那么多，不会分开的。"

以前我不懂，现在我懂了，两个人吵吵闹闹其实是没关系的，那代表着对方说的每一句话你都在听，你还在意，所以你们还吵得起来。

这就是为什么，三句话斗起嘴的欢喜冤家不会分手，而终日枯坐、话不投机的夫妻终究挨不过岁月。

因为前者的生活充满了烟火气，而后者的生活，却是无尽孤独。

我们终其一生，是为了找一个可以缓释我们孤独的人，我们以为婚姻是陪伴，是慰藉，是两个流浪的灵魂因为相遇而不再孤独，所以我们走入婚姻。

但如果，我们选择了一个不能聊到一起的人，那我们就选择了成倍的孤独，可这世上，又有几个人能忍受"没人懂我"的孤独呢？

这就是为什么越来越多的人把"聊得来"作为婚姻的必选项。

每个人都是有表达欲的。

赵又廷和杨子姗都算是很沉默内敛的人，但当年在《康熙来了》里，赵又廷说："遇到高圆圆，他就话很多。而且不是一个人说、另一个敷衍地听，是两个人都狂说。"

也是因为这个"聊得来"，他俩现在也给人超幸福的感觉。

杨子姗亦如是，参加访谈节目话都说不了几句，但和吴中天视频通话一说就是一晚上。

好的婚姻状态一定是这样的：聊得来。

也唯其这点聊得来，我们才都没变成婚姻里最孤独的人。

所以，如果聊不来，那就千万别结婚，因为最终，那些无话可说的孤独，会让你一天比一天更绝望，可人生，原本不应该是这个样子。

所有人等着你哭的时候，请转身漂亮地擦个口红

最近一直在家看一些从前的书。读到林语堂先生的《京华烟云》，对书中的曼娘印象很深刻。她的一生从林语堂先生一开始着墨，就是悲凉的基调。

她第一次出场，是父亲去世；时隔多年后第二次出场，是嫁给自己最爱的人。凤冠霞帔与锣鼓红烛的热闹氛围下，她也有一点期待，以为从此良辰美景，花好月圆。

却不过，终究是奈何天。

她嫁的那个人，在新婚过后的几天，死了，只有十八岁的曼娘，迎来了她人生最大的悲伤。

人人都怕她撑不下去。当然，夜半无人记起阴阳两相隔的时刻，也曾想过一了百了，但回望身后，亲人的目光追随，又让她心有不忍。

既有不忍，便要好好生活下去。

没有抱怨，没有自怜自艾，曼娘在年年月月中，学会了用一颗最朴素的心去面对生活，她的世界并不大，但她珍惜每一种平静。于是，林语堂先生借姚木兰之口说："曼娘拥有自己的美好生活。"

前一分钟经历着世间最大的悲剧，后一分钟用最短时间从满目疮痍中找到一个可以稳妥安放自己那颗心的地方，这是多少人的真实生活写照？

《那年花开月正圆》的周莹，在短短一个月内失去了至爱，又失去了唯一的孩子；

余华的《活着》里，福贵一生都在面临着生死别离，却仍然寻求一个平静的地方活下去。

我幼年时的一个朋友，在她高考的那一年，父亲因为车祸意外去世。

那时她只有十八岁，家里还有一个比她小十三岁的弟弟，母亲又多年没工作。

街坊邻居见了，都说这家人以后日子难过了。

我那时候特别担心她，怕她成绩那么好没办法继续念大学，更怕她突然想不开。但，令我们很多人都意外的是，她在哭过之后，用最快速度成长了起来。

她收敛自己的情绪，继续认真读书，考上了很好的学校，一上了大学就开始打工，不给家里增加经济负担。

她的妈妈，从前有她爸爸的宠爱，四体不勤五谷不分，但也在那一年，变得比任何人都能干，一边带孩子，一边打零工。

如今，十年过去，她妈妈已经再婚，新的生活安稳妥帖，她呢，也有了自己的小家庭。

她和她妈妈笑起来仍然眉眼间有那种特别好看的弧度。在我的众多朋友中，我最欣赏她，不是因为她最勇敢，而是勇敢之外，你在她的脸上，看不到一点被生活辜负的样子。

那是内心最纯良，对世界永远热爱的人才会有的一张脸。

一直到现在，她都常常会说："要相信生活下一刻永远是美好。"

我写文章的时候，常常有人问我说："什么是潇洒？"我想就是我朋友这个样子。

社会中，从来没有"容易"二字。每个无惧苦难、肩挑生活、尚有胆量不做怨妇的人，都担得起"潇洒"二字。

曼娘和朋友这种悲苦交集的人生，以及她们面对生活始终存有期望的态度，总是让我想起最近在看的一部剧——《美好生活》。

剧中的很多人物，都生活在苦难中，却在苦难中艰难向上。

李小冉饰演的梁晓慧和曼娘有着极其相似的经历。

幼年，母亲去世，此后一直跟着父亲长大。历经种种，好不容易嫁给了相爱多年的人，却在结婚的第二天，老公就死了。因为生前签了器官捐献协议，他的心脏移植给了另一个人。

梁晓慧很想死，但已经六十岁的父亲，是她的责任，她因此活下来，活下来就会忍不住想要靠近那颗心。

由是，认识了拥有她老公心脏的徐天（张嘉译饰演）。

她喜欢和徐天在一起的感觉，却分不清到底是爱那颗心，还是爱那个人。百转千回，辗转反侧，她迷失在对前夫的怀念，和对眼前人的心动中。可是不管多难，她还是仔细收藏那些不经意的小美好。

孤独、失落、纠结，甚至还有一点小胆怯，这样的梁晓慧好像一点都不传奇，但就是这份不传奇，最让我感慨。太多的影视剧中，看上等人谈恋爱看腻了，我只想看看平凡的我们，有没有资格在泥沙俱下的现状里，打捞一点爱的资格和能力。

剧中另一平凡但不幸的人物，是陈美琪（《新白娘子传奇》中的小青）饰演的刘兰芝。

她最深情也最无奈，喜欢一个人喜欢了三十年，那个人说让她等，她就一直等下去，等到红颜已老，那个人却离开了，她成了五十岁的大龄剩女……

　　宋丹丹饰演的刀美岚看似嬉笑怒骂，但也有其不容易，儿子得了心脏病，随时有生命危险，女儿迟迟不结婚，儿媳又出轨……

　　生活百姿千态的艰辛，就挂在那些街头巷尾赶路人的脸上。

　　但他们都仍然一蔬一饭，脚踏实地地生活着，电视剧用舒缓平实的节奏，铺展开他们的日常生活，像是工作中遇到的误解，爱情中遇到的困惑……

　　一切都很平凡，但平凡中又自有伟大之处，剧中那些人虔诚的生活态度，让你永远不能小瞧人的韧性。

　　原来，熬过去，真的仍有美好生活，原来不绝望就真的有希望。

　　让我印象最深刻的是陈美琪，剧中，她是一个几乎没从上帝手中拿到过任何一颗糖的女性，但她淡然自处，用女性特有的温柔四两拨千斤，迎头兜住扑面而来的每一个巴掌。

　　其中有一回，和人相亲，对方傲慢无礼，把她当作服务员，颐指气使，她却丝毫没生气，清风明月般扫开对方的怒气，静静为他冲上一杯工夫茶。

　　她说："世事如流水，趁现在。"

　　她是被生活欺负得最厉害的人，但她始终姿态高雅，像亦舒笔下那些体面女子，丝毫不给自己机会变成怨妇。

　　剧中没有声色犬马，没有纸醉金迷，只有市井街头，但这一点如何体面活下去，就已经教会了我们最好的市井智慧，沧海一粟如我们，谁又不是市井中人呢？

市井中人的命运想来都不过如此：老天从不偏袒任何一个人，总是在给了我们一颗糖之后又接连给了我们几巴掌。只是，有的人，在那一巴掌落下之时，便已缴械投降，和命运妥协，此后，再也得不到另一颗糖。

而有的人，从不逃避，她接受命运的掌掴，然后坚强地站起来，向命运之手，拿回属于自己的无数颗糖，最终苦尽甘来，等到自己的美好生活。

所以，在所有人等着你哭的时候，别丧，请转身漂亮地擦个口红。

从"公主"到"女王"的人设转变，注定很艰辛

　　昨天，何洁首度亲自回应离婚一事，她在微博上说："诉求从来就是：孩子我养，从未要求男方净身出户。相信法律的公正。"

　　之所以这么回应，大概是因为有媒体在报道何洁离婚事件时，说何洁的离婚要求是希望男方净身出户。

　　何洁的回应给人的感觉是：不关心男人，只关心孩子。

　　和赫子铭走到今天这一步，她早已不是当初那个唱着《小永远》，在舞台上没心没肺大笑的小女孩。一场婚姻改变了她的性格，也打碎了既定人设，如果可以，我想曾经的何洁是希

望以"幸福人妻"这个人设，好好过完这一生的。

只是，现实比想象残酷。

多年的感情，两个孩子的出生，都没能改变婚姻的支离破碎。与赫子铭的婚姻分崩离析后，何洁的人生，以另一种轨迹铺陈开来。

不复从前的甜蜜、单纯、朝气，何洁现在的人设，更像不服输的女王。

一边要为筹办演唱会打起十二分的精神，拼了命地进行舞蹈、体能、歌唱训练，一边还要拖着疲惫至极的身体，去照顾家里的两个孩子。知道自己已经无人可依，所以工作上自然不敢有一丝懈怠，知道自己是孩子们的依靠，所以带娃这件事上，同样始终紧绷着所有的弦。

新时代的女性有多累，何洁的累可能要翻好几倍。

她新演唱会的名字叫《不服来犟》，我觉得恰如她现在的生活状态。她真的就是靠着这份"犟劲儿"在死撑，梗着头，用千疮百孔的心，在她自己这条并不平静的主线情节里，学着去平静。

尽管很多人为何洁的拼命疯狂打call，也有很多人用"为母则强"这种称赞来表达对她的钦佩。

女王潇洒霸气的转身，很美；女王头戴皇冠、目光坚定的样子，很美；女王永远以最好姿态面对众生，那份隐忍，那份体面，很美。

可是又如何呢？

皇冠里是层层叠叠的眼泪，高跟鞋里有百转千回的心事，这样子的女王姿态未必就是何洁的初衷。

她在微博上说："有的心扎着扎着就不疼了，心大就是这样练出来的。"

看似平静，但总也能嗅出那么一点失落感。

那么时光再往前一点，是她在访谈节目里仰着头拼命逼退眼泪的样子，她甚至说："我不会再结婚了。"

她的状况其实真的不是那么好。

何洁的女王姿态并不像传奇女性海蒂·拉玛那样，一生永远在路上，男人、婚姻、爱情、艺术，世间一切都好似不过是她途中经过偶尔停留的一站，没有什么可以永远留住她，她最好的状态，始终是下一刻。

海蒂是：老娘的灵魂千变万化，男人不过是一粒红尘，不足挂齿。

何洁是：好想要爱，却不敢再爱。

甚至，也不似王菲，王菲的离婚、结婚，都是一种自我选择和成全，以退为进，全然没有血肉模糊的疼痛，所以脚步依然轻盈。

而何洁那件女王裙的裙摆里，拖曳着"昨夜雨疏风骤"，灯光灭、人群散以后，是"知否，知否，应是绿肥红瘦"。

更多的不是心甘情愿，而是无可奈何吧。

　　何洁更像芸芸众生，像你和我，像每一个在婚姻里经历了无尽失望之后的不得不自立为王的孤独女性。

　　我见过很多因为一场婚姻而变得强硬的女性。

　　很多年前的一个朋友，前几年离了婚，结婚前也曾是岁月无忧愁的明朗少女，个性温和，绝无咄咄逼人之感。

　　然而结了婚没两年，性情大改。

　　没办法，家中一切大小事务，全靠自己支撑，尤其是有了孩子后，更为艰难，职场要全天候待命，家里要屎尿屁搞定，时日渐久，诸事缠身，心态越来越奇突，渐渐觉得身边之人无一可靠，只能越发拼命，把自己活成刀枪不入的女王姿态。

　　婚姻，有时候就是这点可怕。

　　有句话说："终于我们都变成了自己最讨厌的人。"如果你不信，我建议你去结个婚试试。真的，即使是最幸福的婚姻，也会有某个时刻，你在夜半无人时，忍不住感慨：我怎么变成现在这个样子。

　　我的朋友最终因为双方矛盾越来越多，以及男方出轨，而走到了离婚境地。离婚的时候，她说了一句和何洁一模一样的话："孩子我养。"至于那个男人，无所谓。

　　她在离婚之后，也确实打开了新天窗，事业较之从前，不可同日而语。但，也唯有在聚会喝多的时候，她才会说："我现在看起来还不错的生活，全是用绝望换来的。"可我，并不希望你们对婚姻绝望。

所以，看网上有人说，赫子铭曾吐槽何洁太强势。

我是相信的。

但那种强势，我想赫子铭也要承担很大的责任吧。如果不是已经失望至极，像何洁这样原本想要去过普通生活的姑娘，是不会一路走着走着就把自己变成隐忍女王的。

所以，身为男性，当你发现一些女性在婚姻中，从原来的爱哭也爱笑、任性而天真，变得日渐强势、不容置辩，先不要急着去指责她，而是要想一想，何以，她会成为现在这个样子。

她现在的错，也许是因为你曾经犯了错。张爱玲有一句话说："如果你认识从前的我，你会原谅现在的我。"永远不要认为，婚姻中的绝望，仅仅是女人的矫情。

绝望之前，其实她是有过希望的。

那时候，她也做过一些梦，梦里的一切都天长地久、花好月圆。

只是后来，梦醒了，她回望来时路，发现公主的水晶鞋，再也蹚不过泥沼，所以她戴上了皇冠，拿起了权杖，开辟了一条女王路，那条路，没有退路。

你当然要越来越好，但不是为了讨好谁

上周，和一个朋友逛街，路过一家整形医院，她在那里伫立很久。

而后，她说："你看，那里面有句话，我的前任也曾对我说过。"

什么话呢？无非就是，女人的美，才是男人的爱之类的。她长得不算漂亮，但很清秀，她的前男友提出分手的时候，以"我的新女友容貌惊艳，身材火辣"为由，狠狠奚落了她一番。

她为此耿耿于怀。

那天，她问我说："你看，我是不是应该去做个整形，如果我比那个女孩子更美，是不是就不会失去曾经拥有的？我真的不甘心。"

我说，大可不必。如果你是为了讨好自己，而想要变得更美，我百分百支持。但如果，你只是为了讨好那个离开的男人，我劝你放过自己。

因为，这世上风险最大的一件事情，恰恰就是讨好男人。

记得之前，看柏邦妮采访赵薇，柏邦妮问："你怎么看待女性对男性的讨好？"

赵薇的回答是："男人其实是难以讨好的……讨好，不是一个长久的方法，于自己，不是一个舒服的方式。男女之间最理想的状态是做百分百的自己，这是最长远、最稳定的一个办法。不要扮演任何一种姿态，时间久了，热情淡了，反而男人会更失望。"

非常赞同。

没有人是可以一辈子活在讨好里的，一旦那个讨好的机制内部发生哪怕细微的变化，这段建立在讨好上的关系，会瞬间崩塌。

我之前认识的一个女孩子，曾经就活在讨好里。

她长期暗恋一个男孩子。

偶有一次，她从男孩子口中得知，他最爱迷离忧郁气质的女孩子。而她本身，恰恰相反，个性极其开朗乐观。

但，年少时，总会想不明白什么最重要吧。

于是她放弃了那个最本真的自己，为了他，而去扮演"忧郁"又有故事的女同学。开头总是很梦幻，那个男孩子果然对她开始渐渐注意，但过程总是很痛苦，她要一遍遍克制自己说很多话的欲望，也要一次一次收敛起自己原本想要大笑的冲动。

恋爱，本身是一件很快乐的事情。但是，在她这里，变成了无尽的折磨。

一开始，总还能遮遮掩掩。时间久了，总有纰漏，矛盾也在这些纰漏里滋生，男孩子总是会说这样一句话："为什么现在的你和当初的你，像是两个人？"

他们最终还是分了手。

比分手更糟的是，她发现，她还弄丢了自己，现在的自己，既不是忧郁气质，也不复当年开朗的个性，更多的是焦躁、自卑、抱怨。一点都不美好。

讨好带来的反噬，不仅是她让对方失望了，更重要的是，她让自己失望了。

她后来用了很长一段时间，走出这段"讨好式恋情"的阴影，经历了新的人生，浪费掉部分青春之后，她越来越清楚自己要的究竟是什么，然后终于明白：所谓讨好，必然惊动声色，每一分讨来的，最终都要偿还。

讨好的代价，何止百倍？

　　我呢，也有过一些委曲求全的经历，后来发现，自己讨好的姿态，在别人那里不会换来一丝尊重，相反，他会觉得：你毫无尊严。

　　很多女性都是如此，吃尽了苦头，才得来这么一点安身立命的经验：讨好谁，都不如讨好自己重要，越是没人爱，越是要爱自己。

　　自爱，沉稳，而后爱人。这是我认为的对己对人都好的交往方式。

　　看过心理咨询师丛非从的一本书，他对每一个汲汲营营、过度求爱、渐渐失去自我的人说："真正的爱，是杯满自溢。然后对方也会被填满，反哺于你。"

　　你可知，讨好其实就是一种索取，用委屈自己、改变自己，换回某种认同。但自爱，则是以自己为载体，形成良好的内部循环，我讨好自己，然后得到一个更好的自己。

　　把爱情、婚姻都当成顺其自然的选择，先经营好自己，然后爱了嫁了，如此，即使有天分崩离析，也不至于一无所有，因为从一开始，你就是完整的自己。所以，任何时候都有重新开始的资本，无非就是换个人爱。

　　而如果你只是攀附别人，当那无骨的丝萝，你要当心，一旦他挪步，便是满盘皆输。

　　所以，不管爱谁，记得要讨好自己，你才不会产生那么多要向他伸手讨要的期待，你也不会有"我为你付出了这么多，你为什么不爱我""我到底要怎么委曲求全，才能换回你的爱"这样的疑惑。

讨好，从来换不回爱，最多换回怜悯的施舍。

可是，谁稀罕施舍？

所以，那个因为前男友奚落而想要整容的姑娘，你要做的是让那个男人滚，而不是先残忍地否定自己。

你当然要越来越好，但不是为了讨好谁。

最高级的教养，是不轻易评价别人的人生

　　某一日，从长途跋涉，奔袭千里处归来，卸下一身疲惫，融进阳台摇椅的舒适与日光的抚慰。

　　忍不住感叹了一句：真舒服啊。转过头，看见老冯专注地看着《动物世界》（搞不懂男人的兴趣点），阳光在他脸上折出好看的棱角（他一直强调是人好看）。

　　心里忽然觉得温暖极了：生活，一直这样安稳下去多好。没有风雨兼程，没有筚路蓝缕，不用未雨绸缪，不用居安思危。

　　就这样一卷书，一杯茶，一双人，一生欢喜。

和朋友说起这些小欢喜，她说："多好，人为什么要满身风雨一直走，停下来，也许阳光早已满了窗前。"

我笑了，旁边另一闺密也跟着笑说："可是现在太多毒鸡汤，一味地灌输不稳定观，恨不得人人都死在大城市，也不要你们这种生活在二线城市的安稳。"

是。我看过太多论调，怒怼所谓的安稳，是在浪费生命。不知道什么时候，人们的认知变得非此即彼，极为偏颇，完全不能尊重和自己不一样的生活方式。

但我仍然要说："不稳定和稳定，死拼和甘于平凡，只是一种方式对另一种生活方式，没有哪一种应该有爆棚的优越感。"

渴望稳定错了吗？

渴望在某个日子里，一抬头，发现自己正活在想象的岁月静好中，错了吗？

渴望不用去到千里之外，而是留在父母身边，忙时埋头，闲时散步，过悠然日子，错了吗？

你拥有奥迪与迪奥，觉得很炫很自豪，我拥有一盒奥利奥也真的觉得很满足啊。

你漂泊在外，拍拍电影写写字，觉得文艺大气逼格高，我在自己的格子间办公室，兢兢业业，脚踏实地，默默为大中华冲入发达国家贡献绵薄之力，也没什么丢份儿啊。

我们都在以自己的方式，努力地把生活推进下去。

　　为什么，我就成了浪费生命？

　　为什么，我就成了稳定地穷着？

　　为什么，我就成了甘于平庸？

　　为什么，我就成了懦弱逃避？

　　生活的方式千姿百态，每一样都值得尊重，并非只有不稳定地去拼，才值得称赞。

　　你可以选择你的追求，但你真的不能把你的价值观凌驾于他人之上。

　　如果我们都不稳定，拼了命去过你们所谓的那种人生，先不说世界雷同如此，毫无趣味。

　　讲真，我们都去当英雄了，谁坐在路边给你鼓掌？我们都那么优秀了，你还哪里来的优越感？

　　人最大的了不起，不是活得多么富有，而是尊重别人和自己的不一样。

　　说两个朋友吧，一个是小A，一个是她的男友。两人青梅竹马，从学生时代恋爱，一直到各自毕业。

　　毕业后，小A选择了回到二线城市的家乡工作，勤勤恳恳，本本分分。

　　小A的男友则继续考了研究生，研究生毕业之后，留在了上海工作。去上海前，他对小A说："我们不是一类人，你喜欢稳定，我有更高的追求，你喜欢待在一个地方，我喜欢四处游荡。"

分手算个毛，更伤的还在后面。拼搏在大城市的他，各种瞧不上小A的安稳，逢人便吐槽："我当初是有多么眼光短浅，才看得上她那种不思进取、毫无灵魂的人。"

他把他去往大城市、追求新鲜刺激的人生定义为有理想的人生。把小A留在家乡小城恬淡自如的生活，定义为庸俗的人生。

这样狭隘、自以为是的男人还好分手了，结了婚也不过是给自己找虐。无非就是三观不合，至于吗？把自己说得多么牛逼，把别人踩得毫无价值。

我一直以为，每个人都有自己喜欢的生活状态，但你的喜欢并不能成为你的优越感。

世有万象，人有千面。

有些人，一直很努力，一直在改变，一直在突破自己，一直在追求所谓的不稳定，这当然非常好。

也有些人，生来不喜竞争，不喜变化，安于在一个熟悉的地方，过一份简单自持的生活，为什么就不可以呢？

前者与后者，只有价值观的不同，没有价值的不同，每一种都是在积极地参与生命，并非稳定了就是在浪费生命。

我身边有很多朋友和同学，在毕业以后，选择了进入体制内，他们恋爱、结婚、生孩子，过日子，和很多普通人一样，在自己的朋友圈里晒娃，晒宠物，晒老公，晒美食，晒风景。

她们踏遍世界千山万水，有一千零一夜也说不完的故事。

　　她们稳定地过着我想通过不稳定来实现的人生。

　　2012年，我大学毕业，削尖了脑袋，要往大城市挤。不管过得如何艰辛，我从未退缩，我仍然不愿意回到小城，当时的我，也曾讽刺我老姐："像你这样做个公务员有什么意思，朝九晚五，一眼望尽三十年。"

　　当然后来证明我很浅薄，公务员的工作还真不是大家想象的那样，每天无聊地看报聊天。

　　坦白说，我家里，除了我，剩下的人都很稳定。他们未必理解我的漂泊感从何而生，我亦未必理解他们的安逸究竟有何意义。

　　但我记得一句话：

　　"相比较做个英雄或女王，成为一个快乐的路人，更是一种勇气。"

　　所以，现在的我，从来不会评价任何人的人生。

　　那些现在很稳定的，也许他们曾经很努力，所以现在有资格停下来，看天上云卷云舒，又或者，有人替他们食尽人间烟火，所以他们可以随心所欲，选择最舒适的状态。也有可能，他们就是喜欢这样慢节奏的人生，钱少钱多，心无挂碍。

　　人，活着是为了什么？每个人都有自己的答案。

　　王尔德在《英伦情人》里那一句："过自己想要的生活不是自私，要求别人按自己的意愿生活才是。"

　　当你读懂这一句话，你就会明白："最高级的教养，是不轻易评价别人的人生。"

　　而当你学会了不评价、不比较，你会发现，人这一辈子最重要的不是和自己死磕，而是完成与自己的和解的过程。

第三章

越自律，活得越高级

严格的自律，不是为了取悦别人，

而是为了不让自己难堪。

那些在自律中踟蹰前行的女人，

或许都隐藏了那么一点惨烈的"自虐"气息，

但她们永远不会沦落到被别人轻视的境地。

那些严格自律的女人，永远不会被别人轻视

二十九年以来，大部分时间我都是比较瘦的那一种，最瘦的时候不足八十斤，一张脸真正是巴掌脸。

但大学毕业后的三四年间，胖过一阵，最胖的时候坐地铁别人会给我让座，放长假回家，总有亲戚和朋友把我拉到一边，偷偷问："你是不是怀孕了？"

所谓胖到尴尬，大概就是那个时期的我。但我始终不承认，认为自己不过是人前穿错了衣服，拍照选错了角度，反正，就是胖而不自知。

直到，我最亲密的一个朋友，忍无可忍，对我直言："你

是不是该控制一下你的体重了？"

　　和平常一样，我习惯性地反驳道："就是衣服不显瘦而已，我有很胖吗？"

　　直到，她翻出我几张大学时期的照片。

　　我定睛看了看，从前的瓜子脸已经变成了圆圆脸。自己也吓了一跳，但还是很不情愿承认这个事实，仍然狡辩："可能这一阵天天写文章，熬夜熬得太过了吧。哎呀，拼事业的时候，体重这种小事，就不要太在意了。"

　　她摊了摊手说："多少人都是栽在了很随意的不在意，你不知道吗？事业根本不是借口，你看看那些很成功的女性，真正胖的有几个？"

　　当下，我觉得她太较真了，心里甚至疯狂地抵制她："就算我胖了，关你什么事？"

　　但冷静下来，就觉得她说得不无道理。用一句很鸡汤的话说："一个女人控制不好自己的体重，还怎么控制自己的人生？"（身体原因及喜欢胖的除外）

　　我这个朋友当然很瘦。

　　瘦不稀奇，关键是稳定，她的体重几年以来都维持在一个数字，几乎可用来检验体重秤的准确与否。

　　也许你会说："可能她就是那种吃不胖的体质啊。"

　　不，完全不是，她不是吃不胖，而是从我认识她起，对于吃，她就控制得很严格。

作为一个标准吃货，我常常对此百思不解，怎么可以有人面对一桌子美食，却依然保持小龙女一样的"冷若冰霜"。她吃饭是真的吃到七成饱，只要到了这个量，无论你怎么引诱，都会失败而归。

这种近乎残忍的自律，使她的高颜值始终维持在一个水准。当然羡慕啊，但是回过头想想她对自己的狠，又觉得这种美，真不是羡慕就可以得来的。

那天被她嫌弃完之后，我很不服，搜肠刮肚地回想了一遍那些让我仰慕的成功女性，终于也不得不承认，这类人中，绝大部分都很好地控制了她们的体重。比如杨澜、胡敏珊、董思阳等等。

那些看起来很仙很瘦的女明星，也没有一个不是依靠强大的自律控制着自己的人生。

前一阵子看《旋风孝子》，郑爽因为吃饭问题和爸爸起了冲突，爸爸觉得她太瘦，想让她多吃点饭，可她怎么都不愿意吃。她有一句话说得很辛酸："我也想吃饭啊，可是我得控制。如果观众喜欢一个大胖子，我没有什么不可以的。"

有同样经历的，还有唐嫣，她连吃个肉都会想要在微博上晒一下，因为太久没吃了，经纪人不允许，职业不允许。

即使是一直对待自己极其严苛的大S，也忍不住在微博抱怨："没人能了解女明星到底有多饿。"

当然，我绝不赞同大家像明星那样控制体重，因为，没有什么比健康的生活方式更重要。我只是希望大家在看到她们漂亮外表和好身材的同时，也能看到那背后她们对自我的高要求。

不管我们承不承认，大部分明星的确是需要靠颜值撑事业的，那么维护好颜值，就是打好了自己手中的牌。

记得以前，有人评价一些从底层熬出来的明星，说过一句话，大致意思是以他们这种拼劲儿，获得现在的成就，根本就算不得幸运。

没有任何一种成功是纯粹的幸运。

CHANEL的创始人香奈儿也说过一句话："女人只有学会自律，才有资格得到属于自己的一切。"

香奈儿一生都对自己不满意，常常坐在镜子前观察自己，叩问自己。

她交际圈很广，却常常忽视应酬，把更多的时间用来创造时尚。她自己也说，对于自己选择的路有时也会感到厌烦，但想要活出自己喜欢的样子，却不得不如此。

香奈儿一生都坚信：为了得到自己想要的，必先承受让自己痛苦的事情。

这就是所谓的自律。

但人都有惯性懒惰和拖延症，自律并不是一件容易的事情，如果没有强大的精神支柱支撑着，自律这条路，常常会轰然坍塌。

就拿控制体重这件事情来说，因为还没有胖到不能忍受，也没有更大的欲望支撑，我当年的减肥计划实施得一点都不顺畅。

常常因为一些好吃的东西，就管不住嘴，结果废掉一个月的努力。

但我另外一个好朋友，就凭借强大的毅力，成功变身瘦子，挤进美貌那道"窄门"。我向她取经，她回了我一句相当狠的话："人不虐己，天诛地灭。"

她曾经非常胖，也是因为胖，遭尽了嫌弃。她二十八岁，一直没谈过恋爱，瘦身以前，每一次去相亲，那些男人看了看她的身材，然后眼神就从万分期待变成万分失望，吃饭时的聊天内容通常是这样的："哦""呵呵""还好""可能吧""不知道"。

哪怕再天真再愚钝她也捕捉到了他们所传达的讯息：他们对她毫无兴趣。

比男人对女人的羞辱更可怕的是，女人对女人的为难。

她不止一次听到有些女人刻薄她："哎，你这么胖，不好找对象吧？我跟你讲哦，像你这种条件的，真的不能太挑啊，差不多得了，真要去相亲你会很没市场的。"

她说："你看，就因为胖，我连基本的尊重都得不到。"

她于是开始减肥。

饮食节制，长期跑步，坚持健身，然后变成了现在这个样子。当然，其中的艰辛没有试过的人是不会知道的。

她后来常常对人感叹："如果你不虐自己，就会轮到别人来虐你。"

我把这句话变了一下，我认为：如果你不控制你的人生，那么就会有人来控制你的人生。

你不努力挣钱，那么早晚有一天，你会因为没钱而寸步难行，反受其辱。

你不认真对待工作，同样的，有一天你会因为能力欠缺，反过来被工作所困。

你不控制容貌和身材，很显然，你也会被容貌所吞噬。

严格的自律，不是为了取悦别人，而是为了不让自己难堪。那些在自律中踽踽前行的女人，或许都隐藏了那么一点惨烈的"自虐"气息，但她们永远不会沦落到被别人轻视的境地。

可可·香奈儿说："女人，应该看起来是优雅的，闻起来是香的，摸起来是滑的。60岁的时候你走在大街上还有人向你吹口哨，那时，你可以抬起你优雅的玉手告诉他，我是你奶奶。"

自律下的"自虐"，赢得的是漂亮的人生。

与其羡慕明星们的美貌和身材，不如好好去研究一下，那些支撑她们美貌的到底是什么？

　　明白了这一点，才有资格说一句："我没什么厉害的，就是比你们瘦。"

姑娘，别买你用不起的东西

最近接到一个活动邀请，要飞趟国外到某品牌的生产基地进行实地参观，主办方发来行程说明，专门告知除了我自己以外，还可以再带一个人。

由于整个行程中还有大量工作需要完成，我决定带自己的助理去。

她得知消息，特别兴奋，问我这次活动都邀请了一些什么人。我看了一下团队发过来的人员明细，告诉她，除了我们，大概还有其他几个自媒体的创立者会去。其中呢，很巧，有一位，恰好是她特别欣赏的女神，所以她特别紧张。

那个下午，她特意向我请了半天假，要去逛商场，购买此次出行的行头，她不想在女神面前跌了份，她说她要成为和女神一样又美又有钱的精致都市女性。

她看中了一款Burberry的风衣，但是折后也要一万多块的价格让她特别犹豫。虽然手里的钱也够，但她还是觉得一下子出这么一大笔钱特别心疼。

她用眼神向我询问：到底该不该买？

我说："那好，让我们来想一下，这件衣服买回去之后你打算怎么穿？首先，有没有比较相称的包包和鞋来搭配？其次，你会不会把它当作日常衣服一样来狠狠地穿？"

她听到我说狠狠地穿，立马跳脚："拜托，这么贵的衣服，我平常怎么可能舍得穿？"

我说："那你还是别买了，因为你用不起。"

绝对不是挑衅她，而是关于"买得起却用不起"我有过相当狼狈的体验。

就在前两年，年少气盛爱慕虚荣的我，还买过一个对我来说相当贵的LV。当年在橱窗里看到，我亦曾霸气地指着它，心里发狠地说一句：早晚有一天，你是属于老娘的。后来我攒了几个月的钱，冲到商场里，把它据为己有。买下的那一瞬间，我觉得特别爽，我甚至想象了从今往后我要怎样背着它踏遍万丈红尘，一路扬眉吐气。

然而，当天晚上我就后悔了。

　　我躺在床上辗转反侧，一遍遍问自己："为什么我要买这么贵的包？""我是不是太冲动了？""如果省下这笔钱，我是不是可以少加一点班？"

　　那种纠结的情绪，反复了将近一个月。这一个月里我一直在想的事情是，如果我没买下那个包，那这笔钱完全可以买更多更实用的东西。

　　真的，我烦死了。

　　而且，更为重要的是，我想象中背着它引来一众艳羡眼光的情景根本没有出现。因为，我舍不得背。

　　上下班乘坐地铁，要粗暴地把它扔在安检带上，我想了想，觉得那个场景对我而言看成抽筋剥皮，太疼了，所以，我想了想，又把它里三层外三层地包好，放在了储物柜里。

　　至于我的好朋友美亚姐说的"LV皮糙肉厚，最适合遮风挡雨"这种操作，我更是毫无勇气，风雨交加的恶劣天气里，那个我花了重金购买的包包，要靠我自己用我八十多斤的娇小身躯为它搭起一片晴空。所以，天气不好的时候我也从来不敢用它。

　　这一款包包，两年间，我用过的次数也就五六次。

　　在我为这个LV包额外交了情绪税、"肉体"税之后，我终于不得不承认，那些我舍不得用的东西，其实我就是买不起。

　　而用得起，买得起的标准是什么？

是你无须咬牙切齿、费尽思量地去和它较劲儿，也不必踮脚张望，靠它扬眉吐气。它不承载你物质匮乏时的虚荣心，而是切切实实地成为你生活里的寻常物。你的衣服，你的鞋，你身上的香水味，你周遭的一切，都和它自成体系，组成了你人生的"小确幸"。

是你可以举重若轻，更可以云淡风轻。

当你可以随时拿起，亦可以随时放下，它才是真正属于你的。

而像那个当年的我面对LV，以及现在的助理面对Burberry，我们都是狠狠心拿得起，跺跺脚也放不下，那么，这件东西，其实就不是属于我们的。

可年少时，谁又能完完全全避免那一点对于物质的热情呢？

叱咤香港时尚圈、比明星还明星的传奇女郎章小蕙，见惯了排场，看遍了世界，仍然会心甘情愿败给所有可以带来美好享受的物质，以至于对世人宣告："饭可以不吃，衫不可以不买。"

即使通透如女作家深雪，也是在买买买了小半生之后，才学会说那么一句："我现在学会了忍手，宁可大半年买一件好的，也不要买一堆没质感的。"但仍然还是要买啊。

没办法，也许美和买就是女人的天性吧，女人为美而买，又因买而美，两者相辅相成，巧妙融合，写就了女人的一生。

但我仍然希望，决定用购买欲满足自己的那一刻，问问自己，尘归尘、土归土之后，是否会有空虚感袭来。

永远不要为了那一点空虚，真的就让自己虚荣起来。

那些因爱美而养成的良好习惯，也会让你走得更远

二十岁的时候，对好看是没有什么概念的。自觉容貌清丽，无须粉黛，亦光彩照人。及至如今，一不小心晃悠到了三十岁，发现好看这件事情，真不是老天说了算，而是自己说了算。

那天和闺密逛商场，看到一女子，细高个子，容长脸面，五官算不上精致，但肤质细腻，肤色白皙，整个人有一种极其清冽的气质。看得出来，并非天生美丽，但后天经营得当。

我站在那里看呆了，一向桀骜拽屁的我，忽而之间，竟觉自卑了。

我低了低头，打量自己。毕业五年，胖了十五斤，从前一张瓜子脸，硬生生被自己吃成了小圆脸，曾经吹弹可破最引以为傲的皮肤，现在日渐暗沉。

那一整天，我都很沮丧。闺密说，不就是一个长得好看点的女人，你至于这样吗？

不过就是长得好看而已？

NO！千万不要小瞧一个长得好看的女人，尤其是你明知她并非青春年少，但仍然美得夺目的女人。

因为我美过也丑过，胖过也瘦过，所以非常明白那些长得好看的女人，她们从身材到那张脸，从饮食到健身，都藏着一种极为可贵的品质——自律，都显现着她们对自我的高度珍爱以及高标准高要求。

长得美并不是一件难事，但日日与岁月厮守，美了很多年，足以见一个女人的认真和坚持。

我身边有个朋友，自我认识她起，已经十年。这些年不管她工作有无升迁，嫁人生子是否如意，我都未有半分羡慕。唯一令我艳羡的乃是这十年来，除了怀孕那段时间，其余时候，她的体重始终保持在95—100斤之间。

要知道她的身高足有169厘米，这样的身材，基本上和女明星们维持在一个水准。

去年她怀孕，我们见面很少，一直到今年年初，孩子百天，我们几个闺密约饭，结果她一出现，把我们吓到了。

原本还准备吐槽她："哈哈，看吧，一个向来体重不过百的女人，如今刚生完孩子可得认输了，终于也有我们扬眉吐气的时刻了。"

我们这几个特别要好的朋友相处模式就是这样的：比美，比有钱，比野心。但放心，怼归怼，我们绝对不暗中互撕，所以才能做了这么多年的朋友，也才能一路扶携着，彼此越变越好。

结果呢，那个我以为身材会走样到惨不忍睹的闺密，生完孩子三个多月已经恢复到原来的美貌。

我们集体挫败，忍不住感慨：为什么老天这么不公平，有些人轻而易举就拥有了美貌。

她听到"轻而易举"四个字，怒了，反问我们：

"你们不会以为一个女人到了三十二岁，维持美貌靠的还是老天爷赏饭吃吧。我天天泡在健身房里，觉得生无可恋的时候你们怎么不说轻而易举？我练产后瑜伽，被私教折磨得欲哭无泪的时候你们不说轻而易举？老实告诉你们吧，好女不过百，凭的不是天赋，而是和自己死磕。"

后来，我跟着她去体验她的一天，终于承认，美貌这件事，从来不是小事，而是大本事。光是吃饭吃到七成饱，看到好吃的食物，死命忍着这一件事，对我来说都已算千辛万苦，更别提还要按捺住饥饿，日复一日地坚持跑步、游泳以及其他健身项目。

有时候，看到她连追剧都选择平板支撑这种方式，我才发现，三十岁以后，真的从未有天生美貌这件事，好身材里浸泡的全是汗水，美貌背后全是好习惯的坚持。

一个女人，管得住自己的嘴，迈得开自己的腿，她还有什么不能做、不敢做的呢？

曾经，一个同事问我说："你发现了没？不管是我们平常生活中，还是娱乐圈或者社会名人，但凡那些想控制自己身材便能控制住的人，多半做什么事情都能成功。"

当然，那是因为，这份勉力维持的美貌背后，藏着一个人的自律、忍耐、坚持、克制，以及高要求，而这些品质不管用来做什么事情，都足以令人如虎添翼。

所以啊，千万不要小瞧一个美貌的女人。因为你永远不知道这份美之后，藏着多少令人叹为观止的严于律己。

比如舒淇，四十多岁一直保持着少女的身材，但你可知，她坚持饭后站半个小时，一站就是很多年。就是这样的女人，四十多岁还可以俘获男神，风情背后藏着我们不易察觉的狠劲儿和拼劲儿。

渐渐地，这份狠劲儿和拼劲儿，长牢在她的灵魂里，滋养着她的演技甚至整个人生，这就是所谓美貌的良性循环。

又比如林依晨，三十多岁，仍然满满的少女感。但你可知，这么多年来她始终坚持早睡早起，在熬夜已成习惯的当下，有几个人能做到晚上九点就去乖乖睡觉呢？她的少女颜背后，藏着一个女人强大的自律。

难怪时尚女魔头香奈儿也要说：一个女人只有自律才能拿回属于自己的一切。

那天看综艺节目，袁姗姗和张若昀说，如果他们不是在演艺圈，必须维持身材和颜值，他们是很容易变胖的那一种。但这么些年来，他们却始终没有胖过。你可以想象，这背后付出了怎样的坚持。

袁姗姗的马甲线女王人设，还真的不是谁都能轻易立得住的。因为重要的根本不是美貌本身，而是坚持美貌的能力。

还有更高级的一种美貌：腹有诗书气自华。永远不要去问，为什么有些女性五官明明并不出彩，但往人群中一站，却气度立现。

那个关于气质的秘密，无他，就是灵魂深处，对美的野心。不仅仅是外表美，更有认知美，如果你知道所谓气质背后她读了多少书，见过了多少世界，经历了多少人生，你就会发现，美貌从来只属于肯认真对待自己的人。

所以现在，每当有人问我，怎样才能成为一个更好女性的时候，我都会这么告诉她：先从管理好你的美貌开始。

所谓管理美貌，不是说你必须美成哪种标准，更不是让你去整容，而是力争把自己本身经营到最好。

你不必非要和谁比，但你要和自己比，每天都看到一个更好的自己，朝气蓬勃的，奋力向上的，让人不能小看的。

也唯有这点经营美貌的能力，会将你送往一个更宽广的境界，你会在那些因美貌而养成的良好习惯里，发现自己原来可以走得更远。

所以，不仅不要小看一个美貌的女子，而且一定要和她们做朋友，因为她能教给你的，绝不是美貌这么简单。

二十岁靠胶原蛋白行走世界，
三十岁靠金刚心抵御无常

和很久没见的表妹见面，聊起女人的二十岁和三十岁。她问我："看到皱纹渐渐爬上脸部，是否会有惶恐，然后好想有个时光机，穿越到自己的二十岁？"

表妹今年二十岁，而我快要三十岁了。

这好像是所有二十岁女孩对三十岁女性的误解，认为她们怕老，怕不美，怕胶原蛋白的流失，会裹挟走一个女人的信心和底气。

二十岁时候的我又何尝不是这样想的呢？就在前两年我还在文章里写："认识一个30+的女性，身材依然傲人，要胸有胸，要脸有脸。"

一个读者给我留言："不然呢？你以为我们三十岁的女性该是什么样？"

我不能否认，当年写下那段文字的我，给三十岁女性的画像是：蓬头垢面，容颜憔悴。内心的潜台词是：三十岁哎，地心引力不能抗拒，人生危机四面埋伏，怎么可能不尘满面、鬓如霜。

于是我们都想当然地以为，所有三十岁女性心中最好的年龄是那个无所畏惧、自觉一切光鲜靓丽的二十岁。

就像《我们来了》里那样，年轻的陈乔恩和江一燕们，轻飘飘地问刘嘉玲："最喜欢自己的哪个年龄阶段？"大部分人，包括汪涵都以为刘嘉玲的答案是：年轻的时候。

刘嘉玲却说：她最喜欢现在的自己。因为现在的工作、人生状态以及和世界的关系，都很舒适，让她充满了信心，不像年轻的时候，一无所有且彷徨无助，她非常不喜欢那种感觉。

然后赵雅芝和莫文蔚会心一笑。

那是三个熟女的相互致意，你没有年轻过你不会懂，你没被岁月折磨过你也不会懂。但那一点头间，他们已经彼此交换了人生，不必多言，那些二十岁时犯过的错和三十岁后扳回的赢面，只在刹那间尘埃落定。

二十岁有二十岁的美妙，但三十岁有三十岁的笃定。

二十岁你靠胶原蛋白行走世界，三十岁我靠一颗金刚心抵御人生无常。

所以怕什么三十岁呢？这世间最珍贵、最坚不可摧的从来可不是胶原蛋白，而是那颗灵魂。地心引力能带走的只有年轻的肌肤，但带不走丰富的阅历。

所以，即使给我一个时光机，我也不愿意回到自己的二十岁。

二十岁时候的我是什么样子的呢？

困囿于情情爱爱，男性一个鄙夷的眼光打量过来，都自觉无地可容，于是亦步亦趋活成了别人期待的样子，在周遭的流言蜚语中，丢失了最宝贵的自我。

计较于无足轻重的得失，随随便便一点挫折，便让我失魂落魄，以为自己已经触到了人生的天花板，然后惶惶不可终日。

不潇洒、不自信、没自我，那是你们所谓的很漂亮的二十岁。

我常常和我的朋友说，看一个人的朋友圈就能看出她的年龄。

真的，在我朋友圈的5000个读者中，那些来问我："男朋友这么做是不是说明他不爱我"的全是二十岁或者二十岁以下的女孩。

而那些30+的女性，她们谈论的全部都是关于自我的实现。

她们的朋友圈里，没那么多"为赋新词强说愁"，有的是梦想的一步步实现以及更大的自由和野心。

三十二岁的她，今年开始创业，每天都活得累并充实，但每天都让人感觉那么美，虽然眼角细纹开始蔓延，但是不怕，岁月为你添上这些印记，是为了让你的人生更加万千气象。她的朋友圈教会你坚持，赋予你魄力。

三十五岁的她，离了婚也没抱怨，以最快的速度、最优雅的姿态站起来，忙着晋升，忙着用赚来的钱环游世界，然后终于管老天拿回更多的糖。看她的朋友圈，你会了解三十岁女性的乐观豁达。

而这些，当年二十岁的她们又如何应付得来？

时间，是残忍的猎人，但同时也是最伟大的雕塑者。他猎走了天赋的外貌，却重塑了灵魂的灵气，而这些灵气最终又会自内而外地反哺着你的容貌，让你换一种美去拼打。

我特别喜欢宁静说过的一句话，她和马东谈及自己的往事，这样说道：

人的成长是最不容易的。很多人以前问如果给你个机会可以让你活回到二十岁怎么样，可是我不要。我好不容易才长这么老，我才有这么一颗不那么容易摧毁的心。我怎么舍得？我不舍得我变年轻，除非我带着我现在的记忆回到年轻，那可以。

所以你看，阅历是比年纪更重要的事情，写满故事的心，比懵懂天真的外表更性感。

宋丹丹也说："不要和地心引力去对抗。"

是的，对抗无用，最重要的是珍惜你所有的经历，把它们变成一种阅历，感谢你遇见的所有人，把他们编成一支灵魂战队，从此以后，那些好的坏的，都会跟着你南征北战。

一个人，唯有经历过岁月洗礼，才能活得像一支队伍，这是三十岁女性的气场。

你说我三十岁太老没人爱，我还觉得你二十岁连朋友圈都看起来幼稚得可笑呢。所以当我欣赏你们二十岁的恣意时，你们能不能也别小瞧一个三十岁的女人。

不要被买买买毁掉自己原本美好的人生

认识一个女孩子，对买买买有极其疯狂的执念。

家里条件并不是特别好，父母每天辛辛苦苦挣钱供她读大学，她拿到生活费的第一件事就是去购物，一开始买平价品，靠着自己打点零工，尚且能够应付。

后来，看到同班有些女孩子全身上下都是大牌，走到哪里都能引来艳羡眼光，渐渐地开始欲求不满，转而开始疯狂购买大牌。

日常的生活费当然难以支付，于是开始花掉学费，再然后就用上了现在比较普遍的借贷平台。提前消费让她比其他同龄女孩更先享受到了那些灯红酒绿的快意人生，纪梵希的口红、香奈儿的手袋、CK的衣服也让她比其他女孩看起来更为体面，她因此收获了不少"朋友"。

买买买所带来的优越感让她极为享受，她迷恋那种众星捧月的感觉，以至于无法自控。但不是自己的，终归要还，被花掉的学费以及借贷平台上借来的钱，还是要想办法填上。

没办法，只能先骗父母，用钱被偷、手机丢了等各种借口一次次管父母要钱。仍然不够，她开始疯狂结交男朋友，每交一个男朋友，便从他那里要钱要物。时间久了，她在学校的名声越来越差，那些曾经因为她穿得好用得好而对她百般拥趸的人，全都转换态度，避之不及。

有一段时间她仍然穿最贵用最贵，但没人再捧她的场，大家会当着她的面小声议论："瞧，她就是一个拜金女，为了钱脸面都不要。"

终于，买买买也换不来她可怜的自尊了。失望到极致，她反而看开了，发现所谓体面这些东西，假意铺陈是没用的，买买买并不能真正提升自己的阶层，相反那些虚假的美丽泡沫一旦破灭，会得到更强的反噬：更加被人看不起。

没钱和装有钱，前者只是一个客观状态，后者则是主观行为，映射着你的人品、道德、信用等等。

所以，那天当我发了文章《千万别买你用不起的东西》之后，她给我发来微信说："是的，永远别贪慕那些尚且不属于自己的物质，正是对买买买的执念毁掉了我。"

其实，何止是这个女孩，我觉得对买买买的执念，正在毁掉很多中国女性。

我们见过太多在物质面前轻易放弃灵魂的女孩子。曾经和一个在大学当老师的朋友聊天，说起现在一些女大学生为了几件奢侈品就去裸贷的事情，我们都感觉非常痛心。

她在这些年的任教生涯中接触过很多对奢侈品有执念的女学生，她说："无一例外，她们追求的不是奢侈品的品质，而是'奢侈'这两个字所代表的阶层。遗憾的是，她们都误以为，背上了最贵的包，就挤进了最贵的阶层。"

她们都信奉这样一种价值观：我的包很贵，我的鞋很贵，我的皮肤很好，我的气质很独特。而这些都是有钱才能实现的。所以，我一看就很有钱。

这才是女孩子们过度追求奢侈品背后的逻辑。

你以为女孩子买香奈儿，买LV，买爱马仕真的是看中了这些品牌的品质？别扯了，坦白讲，这些大牌的款式和质量虽然好，但并没有好到你想象中的地步，我背过其中几款包，用个一年半载内衬照样会破损，拉链也一样会坏，单从质量来看，真的对不起那个昂贵的价格。

在我跟风买了一个大牌包，又背坏了一个大牌包之后，我和闺密吐槽："其实，质量也没有那么好哎！"

她听后，用匪夷所思的眼光打量了我半天，因为我是第一个这么认真地和她讨论奢侈品质量的人。

所以你看，奢侈品的质量根本不是它最重要的价值，奢侈品最核心的价值是它对购买者身份的认同。

这么说吧，这些奢侈品还有一个共同的名字，叫"我有钱"，所以，大家背的不是包，而是钱。

谁不愿意被当作有钱人看待呢？

我这两天去香港和澳门，和朋友们一起逛了新濠天地、中环、海港城等很多购买奢侈品的商场，因为临近圣诞节，有些品牌折扣力度确实给力，所以很多姑娘买起来毫不手软，看到大家排队付款的情景，我总是会有这样一种感觉：现在的女孩子都太有钱了。

可是呢，离开这些商场，我又会极度疑惑：好像她们也不是特别有钱。

她们背着爱马仕，骄傲地走过人群，然后小心翼翼地去挤地铁、挤公交，也会在办公室里吃几块钱的早餐。接着，在无边的夜色里，身心疲惫地走进租住的小屋，看着又被自己头发堵住的下水道，一筹莫展，暗暗发誓：一定要换一个更好的地方。

然而，当这个更好的住处和奢侈品同时摆在面前，她们又再次选择了后者。因为房子住得怎么样，自己不说是没人知道的，但穿着打扮是否光鲜，却是一眼就能看到的。越是没钱的时候，越怕被别人看出那点胆怯，所以越是需要这些代表着尊严、地位的物品来加持。

所以，说白了，我们对于买买买的执念，其实是对于社会认同和阶层定位的执念。

商家们当然更懂这一点，所以他们狠狠抓住女性爱比较、要面子的心理。他们会对女孩子说："有些气质只有钱能给你。"他们想尽一切办法让涉世未深的女孩子们相信：所有美好的东西，背后都写着一个"钱"字；他们还会鼓励你：买买买不会让女孩变穷，相反对物质的需求，可以提升你的阶层。

正是这种极度渴望被认同的心理，正在一步步毁掉中国女性。

前一阵的芭莎慈善夜，张韶涵站在了C位，引起了群嘲，影评人韩松落说："你那么年轻，不要那么在意别人站了什么位置，也不要那么快地融入世俗生活给出的规则里。"

非常认同。

有时候我觉得我们悲哀就悲哀在明明才二十几岁，就已经对社会评价和阶级划分表现出了过于热忱的臣服。

赵丽颖代言迪奥同样被群嘲，原因无非是很多人觉得她不配，她一个来自农村的姑娘，不过红了一两年，既没有实现大量财富的聚拢，又没有完全稳固好自己在娱乐圈中的阶层，凭什么能代言迪奥这种代表身价的品牌？

这种心理背后，仍然是在用"金钱"衡量一个人的价值，和执着于买买买的心理完全一样。

可是除了金钱，努力、认真、谦逊，难道不是赵丽颖最该被认同的价值吗？

小说《故园》里，贫寒的家庭女教师夏铭心靠自己一双手，在权贵阶层谋生活。不卑不亢，勤恳工作，待人真诚热情，同时热衷于服务弱势群体。尽管她从未穿过大牌，总是简单的白衬衫、牛仔裤，但同样赢得所有人的尊重。

他们尊重她的原因，不是因为她穿了用了什么，而是因为她从不以金钱来衡量一个人的价值，不因没钱自觉愧对社会，也不会因为对方有钱而谄媚逢迎。在夏铭心的价值观里，没什么比知道自己是谁更重要。

比起被物质化的"二十岁"，我更希望你们的二十几岁是丰富的，是不被限制的，是不必在意别人的评价，也不必活在世俗的阶层划分里，勇敢地去追求自我。

比买买买更重要的，是你敢于突破定义，不困在别人的眼光里。比奢侈品更重要的，是你自己的内在价值，永远别忘了经典奢侈品牌CHANEL的创始人可可·香奈儿女士的那一句话："你可以穿不起香奈儿，但永远别忘了那件叫'自我'的衣服。"

不要被买买买毁掉自己原本美好的人生。奢侈品从来不是贫穷的对立面，它只是自卑的对立面。

当你因为贫穷而执着于买买买，你就已经失去了这世上最贵的奢侈品——自我。

只有安稳，没有惊喜的人生，其实就是认输

前几天，遇到一老朋友，闲聊中，提及彼此这些年的生活，她的语气里满是遗憾。

她说：你知道吗？那天看到你在朋友圈晒一张老照片，说自己大概是"不良"少女，早早就开始谈恋爱，结了婚也没安定下来，仍然在不同的城市居住、生活。我竟然特别羡慕，羡慕你去过的那些地方、爱过的那些人。

我哈哈一笑，对朋友说："其实，你只是不够浪，现在开始也不晚啊。"

一直以来，我都觉得，前半生没有好好浪过的姑娘，是过

不好后半生的。我所谓的"浪"，不是让所有姑娘都去学坏，而是在你的二十几岁，一定要去尝试做自己喜欢的事情，过自己喜欢的人生。

哪怕那种喜欢，会让你跌跌撞撞，甚至头破血流，但只有痛过笑过经历过，你才会明白究竟什么样的人生才是自己最想要的。也唯有那份在悲苦交杂的人生经历中练就出的"浪"劲儿，才能支撑你走过一个又一个春夏秋冬。

可如果在太年轻的时候按着父母的意愿，过着我这个老朋友的生活：念个不错的大学，毕业后找一份稳定的职业，工作中开始谈恋爱，没经历什么铭心爱情，一路就走到了结婚。然后柴米油盐，按部就班，一眼望尽自己的后半生。

那么将来的某一天，也许你也会和她一样，回想起自己的二十几岁，发现一片空白，并没有什么值得怀念的，然后蓦然惊醒，恐惧自己的前半生就这么过去了。

再然后，你会等到哀乐中年，上有父母奉养，下有孩子抚育，职场遇到瓶颈，婚姻激情退却，一切一切都恰如刘震云那一本《一地鸡毛》：琐碎日常，满地狼藉，没完没了的烦恼，终于你不再是当年那个灵动温柔的少女，而他也不再是雄心壮志的少年。

你们会和别人讲：人生就是这么的无趣和艰难。

可如果生活真要这样来一遍，我想说：什么循规蹈矩。我希望你们能够浪一些，按照自己喜欢的方式过一生。

二十几岁，如果不挥霍，不浪迹天涯，不随心所欲，难道要等到老，什么都做不了的时候，再去后悔吗？年轻时喜欢的东西，要牢牢抓住，因为时光一去不复返。

不稳定和神经质，也许就是二十岁的特色。过了这个年龄，就算你想浪，老天也未必给机会。

那天偶然换台到《快乐大本营》，看到1997年出生的刘昊然和关晓彤演绎二十岁的烦恼，说年轻的这一代人很容易被贴上各种各样的标签，但他们仍然渴望做自己。

那个所谓的做自己：便是在什么样的年纪做什么样的事情。

我们只有一个二十岁，千万不要被催熟，更不要按快进键，把自己送到不属于二十岁的人生。提前变得圆滑玲珑，稳重不犯错，一键输入指令完美执行，和机器人又有什么区别。

只有结果，没有过程，只有安稳，没有惊喜的人生，其实就是认输。在本可以浪迹天涯的年龄，你奢求什么岁月静好？

所以，如果可以，我希望你们去过一种畅快淋漓的人生。太多女人是怕犯错的，怕浪过了头，会到处碰壁，但二十几岁的犯错，其实是在给三十岁以后的人生铺路。

我的闺密美亚曾经这么说过：我就是想你多看世界，看到好的，也四处碰壁，挖掘极限，也知道界限。你宝贵的青春，就是用来给你走错一段路，然后胸有成竹走向你想要的人生。

她自己也这么活了，一直以来都是野蛮生长。上学时，努力读书，但也不是安分学生；年轻时，轮番换男友，每次都是死去活来，工作后百般折腾，从北走向南，现在又走到了香港。

但这样一个姑娘，却在三十岁时，将自己的前半生温柔落地，如今一儿一女，老公多金且体贴，婚姻幸福到让很多人艳羡。

她没犯过错吗？当然不，哭得大概比谁都多。但二十岁浪过的岁月，犯过的错，流淌在她的血液里，成为她基因的一部分，指引着她去寻找那个最适合自己、也最能撩动自己的人生。

正是因为二十岁的体验够丰富，所以她比任何人都更清楚，哪些路是自己能够走到底的。

而我呢，和她也差不多，并不是传统意义上的乖乖女。

念大学时因为专业问题，和爸妈无数次周旋，最后仍然选择了自己喜欢的，工作时，又放弃了他们用尽所有关系帮我安排好的工作，到一个陌生的城市，倔强地打拼。父母不希望我太早找男朋友，但我高一毕业，就开始谈恋爱。

后来结婚，所有人都希望我可以安定下来，但这些年来，我却从一个城市漂泊到另一个城市，去年还辞了职，在一个全新的行业重新开始。

风风雨雨里漂泊了近十年，辛苦自然是有的。但最大的好处是：永远明白自己想要的是什么，所以从不纠结。

　　这就是二十几岁，浪来浪去的意义。因为被各种磨难折磨过，也经历过不同的城市不同的人群，甚至被各种各样的底线挑战过，所以一早就明白自己的界限在哪里，因此在后半生面对纷沓而至的诱惑和欲望时，会懂得在什么时候说NO、什么时候说Yes。

　　早年看电影《穿普拉达的女王》，里面有提到海明威的一句话："如果你年轻的时候在巴黎居住过，那么此后无论你到哪里，巴黎都将一直跟着你。"意思是：你的每一段经历，都将成为你人生不可切割的一部分，这些经历逐渐成为你的气质，影响并改变着你的一生。

　　后来，看摩西·西夫的TED演讲《早期生活经历如何写入DNA》，作为表观遗传学学者，他们用了15年的时间，观察那些早期生活经历不同的孩子，然后发现不同的环境和生活，会让这些孩子的DNA也相对地发生改变。

　　他在演讲里说："DNA不仅仅是一系列的字母，它不只是一个脚本，而是一部动态电影，我们的经历正在写进这部电影中，它是互动的，就像用遥控器看电影一样，你在用DNA来观看你的人生，你可以控制基因的表达方式。"

　　嗯，怎么说呢，感觉用很科学的方式，得到了一个很鸡汤的结论，就是：你走过的路，爱过的人，决定了你会过怎样的人生。

　　但，纵然很鸡汤，却也是事实。

所以，每次当别人问我说，二十几岁要怎么过，我都会说："好好浪，想怎么过就怎么过。"因为二十岁的随心所欲，会让你比那些被父母安排好人生的姑娘，更多元化地去体验生活，那么必然，你得到的价值观也是多元化的。

所以，你的选择，也不是唯一的，你也会更懂得宽宥生活中的种种不易，也更能接受那些意料之外的变故，有原则，但更有包容力，这就是所谓的眼界。

为什么我觉得好好浪过的姑娘更能掌控后半生？因为一个人的前半生已经写进了她的后半生，前半生没浪过的姑娘，经历一片空白，所以该拿什么来抵抗岁月无常。

你离油腻的中年女性有多远

　　冯唐先生写过一篇《如何避免成为一个油腻的中年猥琐男》，反思了当下很多中年男人的生活状态，一时之间刷爆网络，然后自媒体人又陆陆续续写出了很多《如何避免成为一个油腻的中年妇女》。

　　如此热火朝天，我猜想大概是因为每个人都有中年危机感。

　　回望来时路，几多风雨，踮脚张望归处，茫然不知所措。脚踏红尘，头顶乌云，自然希望落得一身清爽度余生，所以，都对"油腻"这个词避之不及。

于是很多人，都开始用自己的标杆来衡量别人的中年。身材不够好，油腻；没品位，油腻；不懂穿最贵，用最好，油腻；跟不上时代潮流，油腻。

可是不知道为什么，我却在这种"避免油腻"里看出一种"避免被人看不起"的感觉，以及一种"自以为是"的优越感。

真正的"避免油腻"，难道不是应该懂得尊重每一种生活方式，以孩童的视角对这个世界的千奇百怪保持好奇吗？

所以斗胆写一篇《如何避免成为一个真正油腻又装逼的中年妇女》。

第一，胖瘦不重要，健康才重要。

冯唐先生以及很多自媒体人在关于油腻这个话题上，首先提出来的就是不要成为一个胖子。我却不能认同，油腻这回事，说实话和胖瘦无关。二两肚腩，腰间一点赘肉，和古道仙风是没什么关系，但不代表就不玉树临风。

如果玉树临风=身材好看，那可能是我太肤浅。

瘦成超模身材的高晓松和学贯古今的矮大紧，我还真的选择后者，风流倜傥是内在价值，可不是外在表现。

年少时，不必独自抗风雨，作为追风者，要瘦一点才跑得快，当然可以不做一个胖子。人到中年，凄风苦雨，二两赘肉累积起来的脂肪，何尝不能为自己取暖？

中年男性的啤酒肚，有多少不是为了撑起一个家而撑出来的？中年妇女的小肚子，有几个不是为了宝宝的健康而生出来的。

如果爱也是一种油腻，那我希望自己可以油死。

人到中年，没什么比健康更重要，每个人的体质不一样，如果胖一点能让你更健康，那就坦坦荡荡做个胖子。毕竟瘦的时候我是小仙女，胖了我就是大仙女。

你不必活成人人期待的样子，你只要活成最适合自己的样子。

第二，比起奢侈品，房子更重要。

很多姑娘在年轻时，是非常喜欢追求奢侈品的。重要场合没个爱马仕或香奈儿包包撑场，好像整个身份都下去了。

但我想告诉你，比起奢侈品，一个可以令你安身立命的住处，一辆可以带你自由驰骋节省时间的车子，其实更重要。

在出租屋里挂着的香奈儿，远远不如随处扔着平价包的房子，来得有安全感。人到中年的身不由己以及斤斤计较，大多来自经济压力，如果不是生活所迫，谁愿意活得油油腻腻？

所以买来让你心疼的奢侈品恰恰不是避开油腻的方式，而是通往油腻的道路。

第三，你不必什么都用最好。

这些年，我们常常听到这些理论：你什么都嫌贵，最后只有你便宜；以及女人的脸是会呼吸的人民币；女孩子的贵，都是烧钱的。

渐渐地，好像你不用点贵的，就不配做女人一样。其实都是商业套路，真的，我的切身经验告诉我，贵的东西，除了贵很多，其实效果也没好很多。

比起被别人所谓的"贵"洗脑，不如低头看看自己的收入，选择最匹配自己的。没见过世面的姑娘，才会疯狂劝你买贵，所有要靠物质来证明的"贵"，都不是真正的贵。

别装逼，买你用得起的就是体面。

送上亦舒的两句话给大家："世上最贵的，不是免费，就是不贵。真正的淑女，从不会向人炫耀她所拥有的。"

第四，保持独立思考的能力。

成年人的世界不是非黑即白，中间有许许多多的灰色地带，而这些灰色地带，最考验我们的独立思考能力。

前一阵看《锵锵三人行》，讲起这些年网上的热门事件，嘉宾们普遍认为，之所以会形成舆论一边倒的情况，就是太多人容易被情绪引导。

要做思考的人类，不要做情绪的动物。

面对质疑，学会以旁观者的角度，不带情绪地看待发生在自己身边的事情，情绪也许有共鸣，但不代表就是对的。油腻中年的概念亦如是，也许它击中了你的软肋，但你要做的是以理性为盔甲，抵御情绪上的崩溃。

第五，美貌从来不是最重要的。

　　提到中年女性，关于如何保持美貌好像是无法忽视的一点。前几天，到常去的美容院里做脸部保养，其中一个女孩说，女人一生最重要的就是美貌，有了美貌就可以获得一切。

　　这是很多女性会犯的错误：高估了美貌的作用。

　　美貌也许会带来优势，但从来不是关键。尤其在中年人的世界里，真正左右命运的是能力，年轻的时候也许会有几个人因为你的美貌而予以方便，但中年以后你的美不如你的脑。所以，比起整容，不如先整整脑子。

　　第六，懂得尊重别人的生活方式。

　　这些年来，朋友越交越少。但留下来成为至交的几位，都有一个共同点：懂得尊重别人的生活方式。

　　你喜欢大城市的热闹繁华，我耽溺于小城的宁静舒适，我不嫌弃你好高骛远，你也别嘲笑我不思进取。只要不违反道德，不伤害别人，每一种生活方式都值得尊敬，并没有孰高孰低之分。

　　所以你又美又有钱，自己知道就好，不必吐槽那些挣扎在生活线上的朴实女性很油腻。

　　第七，再穷，也不要借别人的钱去消费。

　　如果以网上流行的"油腻论调"来衡量我老妈，那么又胖也没太多钱而且崇尚节俭的她，大概是极其油腻的。但这么些年来，我始终欣赏我妈，因为她教会了我一点：不管别人要东西。

她这大半生，并不富裕，但始终靠着自己一双手，不借别人的钱去消费。她在年轻的时候最常说的一句话是："你不必因为缺衣少食就自认低人一等，一个人，只要始终靠自己，不牺牲尊严去换取物质，就是体面的。"

所以一直以来，我都足够自信，因为我拥有最好的奢侈品——独立。

第八，不问闲事，不说闲话。

相信大家身边有很多这样的人，过年回家一个劲儿对你催婚催生，得知你结婚几年没孩子，就开始四处打听或者编排你的事。

以及那些动不动问你收入多少，你比她挣得多时她说你的钱不干净，你比她挣得少她说你没本事的人。

我真有一个朋友，就是被这些人逼得躲到了异地他乡，过年也不敢回家。

所以这样的人，就算她美翻天，我也不觉得她不油腻。不问闲事，不说闲话，是一种美德，因为真正的自律，从来就是用来律己，而不是排他。

第九，不要凡事都用钱衡量。

最近这些年，很多人包括我自己，都有这样一个毛病：凡事喜欢用钱来衡量。比如，爱情要势均力敌，友情要门当户对，婚姻里没钱的那一个活该被甩。我自己最过分的一次是，竟然对我家老冯说："经济价值决定一个人的家庭价值。"为此我否定了他所有的付出。

可很多事情，并不能用金钱来衡量。

少年和成年最大的区别是：少年只懂好坏，成年人只看利弊。

真正的油腻，不是没钱，而是太在乎钱。这就是很多"中年油腻"文章让我觉得不舒服的原因，他们用金钱的多少来决定油腻的程度，而这，恰恰是最大的油腻。

第十，不要存在和道德无关的鄙视链。

简单点来说，不要没事装逼。这个世界，远比你想象中更大，山外有山并不是一句空话，你自以为是的一切，在别人的价值观里，也许全部都是错的。

始终保持谦逊，保持一种探知欲，你才会抵达更远的地方，意识到自身的浅薄，也才会意识到自己并无资格嘲笑他人。

真正有过经历的人，都懂得宽宥，所以才没被猪油蒙了心。

冯唐说："世道变化是从鄙视文艺开始的。"我要说："世道变化，是从人为设置鄙视链开始的。"

人到中年，谁还能没点故事呢？哪个女性，面对着容颜憔悴的自己、嗷嗷待哺的幼儿、三心二意的丈夫、老态龙钟的父母，没有一点山雨欲来风满楼的恐慌呢？

但正因为如此艰难，我们更应该彼此谅解。

不因为牛逼而装逼，不因为苦逼而装逼，不因为装逼而撕逼。愿我们远离装逼，远离油腻，以自己喜欢的方式过好余生，不诋毁，不嘲笑，让世界更美好。

第四章

不害怕撕掉标签，才能活得精彩

只有当你敢于不断更新自己，

你才能摆脱别人给你的期待，

找到真正的自己，

那是比嫁入豪门爽一百倍的事情。

最高级的人生，不过一句我喜欢

因为电视剧《北京女子图鉴》的热播，我的朋友圈里最近又掀起了一轮关于闯荡北上广的话题。

那些对于大城市的憧憬，那些关于人生的梦想，都时时被人拿来咀嚼。我听到最多的声音是："跪也要跪在大城市，永远不要回到小城市生活。"

一个从小一起长大、如今在北京打拼了七年的朋友也在某个深夜，被电视剧里的某个情节戳中后，给我发来微信说："北京让我流了很多泪，但我仍然热爱这个城市，只有在这里我才觉得生命是鲜活而刺激的。"

当然她是那种一直往前闯的女孩，北京是她的鲜衣怒马。

我也问了身边很多这种热爱大城市的人，吸引他们的到底是什么？

一个三十岁没有结婚的朋友说："在大城市是自由的，三十多岁不结婚根本不是什么事情，永远不会有人给你贴标签。"

另一个事业上很有成就的朋友说："在这里你能看到非常多优秀的人，他们打开了你人生的新格局，让你触目所及是更远更开阔的世界。"

我认同。

我在北京工作生活过一段时间，见识过这个城市的开阔、包容，那种前所未有的生机勃勃每天都在撞击着你，让你不断往前。

但如今，我没有生活在北上广，选择回到一个二线城市，不是一种逃避，而是一种主动选择。北京纵然有鲜衣怒马，但二线城市有更烟火的生活。

选择前者，或者选择后者，并无高低贵贱之分。这世上有大梦想，自然就有小日子。

遗憾的是：在以"金钱论是非"的今天，越来越多的人开始看不上小日子以及那些守着小日子的人。

挣得不如同龄人多，是在被时代抛弃；

没有留在北上广，是在被时代抛弃；

没有野心，渴慕稳定，是在被时代抛弃。

我看过很多人在微博、朋友圈里说："二线城市没有机会，都是人情。"也有人说："小城市聚集了最多的直男癌、屌丝女，一定要远离。"

在他们眼里，一线城市以外的地方都是粗鄙的。

甚至有人举了很多例子，说自己一流大学毕业，在二线城市找个月薪3000的工作都要靠关系。

我觉得很多人对二线城市的误解有点深。

当年我刚毕业去北京的时候，一度也认为二线城市更重人情，能够提供的工作机会非常少，当我真正在二线城市生活下来的时候，我觉得并非如传闻那样。

比之北上广，二线城市的机会相对会少，但说自己一流大学毕业找个月薪3000元的工作找不到，那就真的是夸张了。

我一个普通学校毕业的人，在二线城市工作了四五年，每一份工作都比3000高，也没有任何一个工作是靠人情靠关系谋得的，和当年在北京一样，别人网上发招聘，我经过N轮面试进入公司。

晋升、奖金，全凭个人能力。二线城市的企业也是要挣钱的，不是做慈善的，真没那么多资本去兼顾人情。

至于贴标签，被逼婚，被催生，我想说，除了你妈以及和你有关系的亲戚以外，其他的人真的没那么闲，你结不结婚和人家有什么关系呢？让你感到偏见的不是小城市本身，而是生活在小城市的你爸妈。

北上广的相亲角，不照样让很多家就在北上广的年轻人焦虑和无奈吗？

很多在二线城市或者小城市生活的人，也是踏踏实实勤勤恳恳谋生活的。他们不在北上广，但他们不是废物，也不比别人低贱。

他们选择在小城市，有他们自己的理由。

一亩田，两垄菜，三餐一宿，虚度时光，是甲之砒霜，又怎知不是乙之蜜糖？

春来秋至，一家人齐齐整整围炉闲话，不是你的理想，但未必不是别人向往的生活。

我特别喜欢马未都在《观复嘟嘟》里说的那句话："成功的标准不是只有一个。不是挣了多少钱，就代表你很成功。"

这世上的价值观和生活方式，从来都是多种多样的。也正是因为每个人的不同，这世界才真正变得丰富而有趣。

一个人，能选择自己向往的那一种，并且认真地生活下去，就是值得尊重的。

林语堂的《京华烟云》里，出身优越的姚木兰经历种种之后，最终离开繁华城市，选择归隐田园，过布裙荆钗、粗茶淡饭的生活。很多人不理解，包括她的丈夫曾荪亚、妹妹姚莫愁，也有很多声音指责她一个大家闺秀去过这样的生活，不够体面。

但林语堂以"世间奇女子，若为女儿身，必做木兰"来评价姚木兰，后来林语堂的女儿林如斯也说姚木兰是林语堂的理想女子。

早几年，我看《京华烟云》总是不懂木兰奇在何处，她有很多思想用现在的标准来看甚至是过时的。

但读了很多遍也经历了很多事情之后，我才懂姚木兰好在哪里。她永远没有自以为是的优越感，始终有自己的判断，并且将这种判断按照自己的意愿推进下去，但她绝不会看低那些和她不一样的人。

爱我所爱，但对他人保持尊重和善意，这是我所认为的体面。

而那些自己生活在一线城市，就瞧不起生活在小城市的人，我觉得你还是没有真正理解和融入北上广。

北上广的广阔、包容、自由、公平，是它最大的魅力，最应该教会我们的就是尊重和放下偏见。

尊重别人和自己的不一样，尊重每个人的选择，不要以自己的价值观去打量别人的人生。

不是只有北上广的梦想才叫梦想，小城市也有梦想，也有人生。

你扛住了北上广的焦虑，就能扛住一切；

但唯有你真正接纳了北上广的自由，你才能活得随心所欲。

选择在哪里生活不是最重要的，重要的是你喜欢就好。

不要把你的憔悴展示给别人看，
因为别人只审美不审丑

　　我是一个很臭美的人。

　　任谁见了我，大概都是这个印象。

　　不管前一天经历了怎样的绝望，踏踏实实睡一觉，第二天，抹上口红，套上裙子，仍然要笑得比谁都甜蜜，任你从哪个角度看，都瞧不出一点沮丧来。

　　朋友曾说："累不累啊你，想哭就哭出来啊。"

　　累吗？才不！想哭吗？并没有。早过了那种动不动就委屈给人看的年龄了。

　　对于现在的我而言，把自己的憔悴展示给人看，远比漂亮臭美拽上天更累一百倍。

不信，你试试。某一天把自己搞得妆发全乱，形容枯槁，看看你能遭到什么？除了一打乌七八糟的问题，还有一堆百无一用的安慰。

你不经意露出来的一点苦色，被一传十、十传百地渲染得不着边际。终于有一天，在别人的眼里，你不知不觉变成了怨妇，如果再不幸一点，你会引来一群习惯了怨怼的人。

然后你的生活会变成什么样子？

和A抱怨老板差劲儿，同事没品。

和B抱怨婆婆神经，老公偏心，婆婆的态度都是老公允许的。

和老公抱怨，他妈有病，他不上进。

……

我挺怕的，如果一睁眼，就要过这种生活，我会觉得人生无望，快要累死了。

所以，美很累吗？

恰恰相反，我觉得扮丑很累。把自己搞得惨兮兮，谁见了都对你叹气一声，心累啊。何不，穿霓裳，披羽衣，烈焰红唇，赚全天下回头一顾，多爽。

我有一个小群，里面是一些非常聊得来的朋友。

有一次我们聊天，大家叫嚷着爆爆最近的照片。

群里一时炸开了，然后美得呀，一张张好看的脸被送了进来。不是容貌多妖娆，而是每一个都精致清爽，尽显愉悦之色，不带污垢之气。

真是赏心悦目。

你当我们过得有多好？非也非也。

这一个家中之人老病相催，穿梭在裹挟着消毒水、药剂味的医院里，偏生整个人利利爽爽。那一个，背着一眼望不到头的房贷，挤在挪个脚都费劲儿的地铁里，照样有本事丹蔻红唇，万种风情。还有一个呀，身陷纠葛，婆婆孩子琐事缠身，呵，还不是神采飞扬，光彩照人来。

我们笑问："知道为什么我们能玩在一起吗？"

异口同声曰："因为我们美。"

在我们这里，美是天，是地，是神的旨意，除了爱美，没有真理。所有烦恼忧愁、肮脏龌龊，都在这一张好看的脸下，黯然失色，烟消云散。

谈什么苦，抱什么怨，劳驾，别挡了本姑娘撩"美"。

可知，撩的不是美，是一份响当当的好生活。

不然咧。

愁眉苦脸给谁看，当心，你那挂在眉梢眼角的愁，真把所有的苦招了来。美人气扑面来，好生活结结实实自成体系。

别矫情了。成年女子，谁不是几多风雨催，悲苦各自咽。一眨眼，孩子、房子、票子，一堆的事儿。怕什么，高跟鞋一踩，马甲线一亮，管保统统吓跑，回敬你一句"女王"。

你还真得信，美、丑两回事，都有莫名的传播力和影响力。吸引力法则早说了，你是美的，你所招引来的事物也是美的，你丑，你的世界也是丑的。

臭味相投，物以类聚，你以为古人是说着玩玩的？

千万别小瞧情绪对万物的影响。

张德芬《遇见未知的自己》里说，美国人普遍认为，美国星期一和星期五出产的车子不能买。

为什么？

因为那两天大家普遍工作情绪较差，生产出来的车子质量最差。工人的"丑"导致了车子的"丑"。

美好的事物后面都有一个美好的人。

日本曾经做过一个米饭实验。在一所日本小学的教室中，放了三碗米饭。每天孩子们上学的时候，微笑着美美地对第一碗米饭说："我爱你，你好好吃哦。"对第二碗米饭完全无视，对第三碗米饭呢，则厌恶鄙视地说："你丑死了，没人要理你。"

一个月后，不可思议的现象发生了。

第一碗米饭变成黄色，发出淡淡的香曲味儿，第二碗米饭和第三碗米饭则都变黑发臭了。

你看，在你不知道的地方，世界正以美丑消长逻辑运行着。一个人，不管她是美的还是丑的，对她周遭的事物都会带来影响。越美则越美，愈丑则愈丑。

你把好情绪传递给生活，它美了，会回馈更多的美给你。

那些一直美下去的美人儿，最后都把乱七八糟的生活捋平了、撸顺了。

还有什么是"美"不能征服的吗？如果有，请再美一倍，不信，抬头看苍天，究竟饶过谁！

最新的综艺节目里，刘嘉玲奔跑在三百多米高的澳门塔上，一根绳子吊着身体，按照指定要求完成自拍。她恐高，对她，这是多可怕的事情，可是一拿起相机，对着镜头，她立马换上笑容。

汪涵说："多爱美，这时候还摆造型。"

可她就是美了这么多年。最难熬、最悲辛的任何事情，都不曾摧折这一颗爱美的心。现在的她，人前一站，美人气度，谁不眼馋。

由此，她变得越来越好。

什么岁月横陈、皱纹紧密，都不是问题。

美的力量，远超你想象，它让你看到越来越好的自己，舒展的，自如的，吸纳地心引力的，连岁月都不再凌迟，而是给你作配的。进而，你看到越来越好的世界，蓬勃的、生机的，不是给谁陪衬的。

每一天，我都给自己化最好的妆，带上最美的笑容，倾倒众生去。我不要你们看到我一张脸耷拉下来，把整个生活拽啊拽，拽到看不见的黑洞。

真的，如果你不美，你就会一直累下去。来，跟着我一起，描眉、画眼、涂上一支口红，嘴角上扬，挎着你的包，撩"美"去啊。

友人说："我做过最傻的事情，是把丑给不相关的人看。"

你是好看的，连上帝都愿意亲吻你。

女人真正的美容秘诀，是拥有爱的能力

张爱玲说："爱上一个人，就会变得很低很低，低到尘埃里，也能开出一朵花"，想起王力宏唱："你是我心内的一首歌，心间开启花一朵。"

爱上一个人，心里便开出一朵花，从此漫天春意，再无萧索之气，一张脸，甜蜜闪耀得根本无须高光粉底来映衬，难怪人们要说，爱情是女人最好的青春驻颜术。

真的，一个被爱的女子，那份从心底深处弥漫出来的气息，几乎是让人沉醉的。就好比目前正在热恋的唐嫣，颜值高了不止一个等级，分分钟甜出新高度，而且因为那份甜蜜气息，她周围的空气都变成了粉红色，连带着她和罗晋也越来越红。

好的爱情会带来好心情，让一个女子心生期待，从此与世界温暖相拥，她的人因为放下芥蒂，所以也卸下了戾气。

如果你留意，你会发现，很多女子，都是在享受爱情的时候，最美丽。和吴奇隆在一起的刘诗诗，目光柔情如星辰，站在高圣远身旁的周迅，笑得像个初恋少女。

爱不爱，女人的脸，是会说话的答案。

你还真别不信，想当年我和冯同学恋爱的时候，一个多年没见的老同学见我第一面就说："你和以前不一样了。是不是谈恋爱了？"

我问她怎么不一样了。

她说："说不清楚，五官还是一样的，但眼神，还有笑起来的样子，都让人看起来'春心荡漾'哈。"

后来我们一度闹分手，为了掩饰那份失意，我把各种精华、粉底都用在脸上，仍然被人看出那挥之不去的失恋惨淡。我的脸上，写着对男人的失望，对爱情的绝望，甚至对人生的无所期待。

没错，我失去了对生活的信仰，所以一度迷失自己。

当然，时间和新欢总会帮我度过艰难时光，从那一段糟糕的岁月里走出来后，我就开始明白，爱，对一个女人来说，有多重要。

注意了，我说的是爱，而不是男人。

那种爱，并不是指你在恋爱中，而是哪怕此刻你无人来爱，但也仍然相信爱情、热爱生活，有重新去爱的勇气。

我要你们知道：这世界很大，而你很暖，你可以有一段糟糕的爱情，但不要放纵自己过一个烂透的人生。

这就是我所谓爱的能力。

一直以来，我都很喜欢周迅和王菲，不光因为她们的脸和才华，更因为她们两个人都是天赋爱的能力，不管几经颠仆，为爱几度憔悴，都仍然不惧爱的伟大与卑微，所以她们的脸上没有沧桑暮气，而是始终弥漫着少女的天真。

而这一点点天真，就足够让她们活得与众不同，而这一点爱的能力，就足以让她们卸下尘世疲惫。

我常对自己说，要永远有颗少女心，那少女心态里，所不能缺乏的便是如她们一样，对爱的勇气。

当一个女子不再愿意相信爱的时候，也是她不愿保有天真之际，她的少女气息，从此也就say goodbye了。那么此后，再多的玻尿酸，也拯救不了那颗不断下坠的心。

有人问赵雅芝和潘迎紫，是如何保持容颜的。无独有偶，这两个人都说了同样一句话：最重要，是保持爱和快乐的心态。

不要总是感慨过去，那是老年人才爱做的事情，如果你还年轻，你还相信自己年轻，就应该从过去的无奈和失望中抽离，转而期待翻过一页的美好。

一个始终相信爱情，热爱生活的女子，永远不会走到绝境，因为得失成败，她都是自己的主宰，永远有勇气重新来过，那份不被打倒的气度，让她在岁月洗练中，仍然元气爆棚。

所以，女人真正的美容秘诀，不是玻尿酸，也不是胶原蛋白，而是存留一点骄傲，保有几分天真，以及任何时候都不断增强的勇气。是敢于爱我所爱，不管单身、失恋还是离婚，依然相信爱情，相信自己能够幸福的气场。

这是唯一，岁月拿不走，别人偷不走的东西。

不管世界如何变换，留一点爱的能力，你念念不忘的，必有回响。让你壮胆又滋润的那一剂美容针，其实就是你自己。

但愿每个女孩，都练就一剂强心美容针，在退无可退、无力支撑的时候，凭此天地立换，风雨无惧。

睿智的女人，
总是能在关键时刻做出恰到好处的选择

如果有人和你讲，结婚别那么挑，凑合就行了，我劝你离这种人远一点。

为什么不好好选择呢？在我看来婚姻就是女人的二次投胎，不同的婚姻，会让女人开始不同的人生走向，最终变成不同的模样。

我在还很年轻的时候就明白，选择一个人，就是选择一种人生，对爱情和婚姻，向来理智，很少任性。

当然不是生来如此，而是我那嫁了人的小姑，委实用她的小半生让我比别人更早明白了这个道理。

我小姑是那种下个小雪，便感慨"红泥小火炉，绿蚁新醅酒"，热热闹闹摆酒布菜的文艺女青年，而小姑父则是那种别人用"落霞与孤鹜齐飞"来形容落日飞鸟，他却在边上大喊："卧槽，好大的鸟啊。"

大概在我读小学的时候，小姑哭着跑到我家，说要离婚，她摘下裹得厚厚的围巾，下巴处一大片伤痕，是小姑父打的。小姑说，这已经不是第一次了，她真的无法忍受这样的生活了，两个人根本无法沟通，谁都不能理解对方，常常吵着吵着，小姑父就动起手来。

事情闹到尽人皆知，两个人自然离了婚，好在当时还没有孩子。

离婚之后的小姑完全变了，之前那种弥漫在她身上的我以为每个文艺女青年都自带的忧郁感一扫而光。她变得开朗许多，笑容也多了起来，没事就去别的地方旅行，有时候也会顺便带上我。

她和新的小姑父就是在旅行中认识的。

那时候，自由恋爱还不算多，小姑离婚后也有很多人做媒，但"父母之命，媒妁之言"的上一段婚姻以凄惨收场，所以，小姑这一次很坚定，无论如何，婚姻大事都要由自己做主。

她最终选择了自己喜欢的人，婚后生活甜美幸福。

新的小姑父和小姑别说打架了，连吵嘴都很少见，他会陪着小姑到处旅行，因为那是两个人共同的爱好，而不会指责小姑浪费钱。当小姑看见春花秋月忍不住卖弄文艺情怀时，他没把小姑当成神经病，而是和她一起在初雪的日子里，买上一瓶好酒，烧上一桌好菜，喊上最好的朋友，把酒言欢。

每次过年相聚，爸妈看到小姑的容光焕发都会打趣道：这女人嫁得好不好，还真是看一眼就知道啊。

小姑两段婚姻的云泥之别、幸与不幸，充斥了我的整个青春时期，以至于我无数次问小姑：嫁给不一样的人，人生真的就会如此悬殊吗？

她给我的回答是：等你长大了你就会明白，婚姻里，选择有时候比爱情更重要，一辈子太长了，两个人日日相处，对方的生活方式，怎么可能对你毫无影响。你选择了一个积极向上的人，一生都会是向上的，而一旦你嫁给了一个暴戾、颓废的人，你就真的再也潇洒不起来，姑姑，就是最好的例子。

姑姑让我想起了身边很多朋友，他们有的在婚前恣意飞扬，嫁错了人，后来那些笑容就消失了，他们有的在婚前自卑怯懦，嫁对了人，整个人都明媚起来。

她们都让我明白，婚姻从来不是随随便便的选择，嫁给一个人便是嫁给一种人生。也许对待爱情，我们可以感性，可以任性，但对待婚姻，唯有理性，唯有认真，才能收获一个安稳的归宿。

林徽因vs徐志摩，林徽因vs梁思成，便是一个女人淡定选择之后的岁月静好。一个风花雪月、虚无缥缈、离婚再娶的诗人和一个脚踏实地、温厚宽容、名门望族的建筑学家，嫁给哪一个才更有幸福的可能？更何况林徽因汲汲一生，理想之所至，和梁思成一样，都在为中国的建筑业而努力。这根本就是一个爱情、家庭、三观都门当户对的强强联合啊。

　　然后再看看赵雅芝和林青霞，如今的尘埃落定，哪一个不是在百转千回后、在最关键的节点，选择得恰到好处。

　　杨幂vs刘诗诗，一样的当红，但不一样的婚姻选择，却在狭路相逢时，相对一笑，奔向了不同的人生境遇。

　　关之琳vs刘嘉玲vs王祖贤，一样的风华绝代，却因爱情的千姿百态，最终变成不同的模样。

　　婚姻从来不是一个人的事情，而是两个人直面相迎、共同捧接出的人生。大多时候，你遇见的那个人，直接锁定了你的命运。

　　通常来说，你怎样，你便会遇到怎样的人。天王炸PK四个二，才算势均力敌，但也有一些女人老天发了她一手好牌，她却输得一败涂地，究其原因，不过是选择了一张错牌。

　　可究竟怎样出牌，赢面才会更大？我以为，是要把婚姻里的成长看得比男人更重要。

　　判断一个男人值不值得嫁，不只是看他对你好不好，也不仅仅看爱得深不深。而要看你们在一起的时候，你是什么模样的？

是变得更快乐，更自信，更完整，越来越好？还是更悲哀，更怯懦，更残缺，日渐糟糕？

爱尔兰诗人罗伊·克里夫特的那首《爱》，这么多年以来始终是我心中最好的爱情观。

> 我爱你，
> 不光因为你的样子，
> 还因为，
> 和你在一起时，
> 我的样子。
> 我爱你，
> 不光因为你为我而做的事，
> 还因为，
> 为了你，
> 我能做成的事。
> 我爱你，
> 因为你能唤出，
> 我最真的那部分。
> 我爱你，
> 因为你穿越我心灵的旷野，
> ……
> 我心里最美丽的地方，

被你的光芒照得通亮，

……

好的爱情，能让你抵达更远，而糟糕的婚姻，会毁掉你原有的样子。婚姻是女人的可以选择的二次投胎，也是女人的好学校，我希望每个人都用心来答这个贯穿一生的考题。

你有价值，你的爱才有价值

我希望每个人都明白一件事情：爱情是个势利眼。以前看过一句话，说，你有价值，你的爱才有价值。

当时自然不懂，只觉得成年人的世界很复杂。自认为爱情是最纯粹的，两颗心的悸动和门当户对没有关系，同时深信童话，灰姑娘一定可以和王子厮守终生。

这般可笑，脸当然早被现实给扇肿了。童话里都是骗人的，灰姑娘遇得到王子，因为她本身就是女神啊，只不过一时鸠占鹊巢、位分颠倒而已。

有个姑娘对我说："为什么我爱他低到尘埃里，他却什么都看不到？"

　　爱人爱到尘埃里，很骄傲吗？屁咧。没有谁值得你委身尘埃，因为人的欲望不是低头找自卑，而是抬头找希望。

　　几年前，Momo迷恋一个男人，她大学时代的学长，人帅气，成绩好，谈吐风趣。其实不止Momo啦，围绕在他身边的女孩，实在太多。

　　Momo呢，就很普通，长相至多也就是个清秀，成绩不坏，但也不拔尖，人群中多一个不多，少一个不少。

　　唯独太过死心眼，用了大学整整四年的时间，和自己喜欢的这个男人耗。什么是爱一个人低到尘埃里，一定就是Momo这个样子，每天为他买早餐，他说一她不敢说二，在他面前永远只有yes，没有no。

　　他开心的时候，根本想不起Momo，难过了，或者没钱了，就会想起Momo的迷恋。在我们看来，Momo连备胎都算不上，充其量是个千斤顶，非得他崩坏到无计可施，才轮得到Momo露个脸。

　　太爱一个不爱自己的人，会犯贱，但没办法，Momo心甘情愿。

　　Momo常对我们说："我爱他爱得如此深切而卑微，总有一天他会看到我。"当然，你懂，爱到没有灵魂的女孩说的话，你最好别信，因为通常，没什么智商可言。

　　一直到毕业，Momo也没有搞定她的男神，她曾鼓起勇气问他："为什么不是我？"那男孩说："因为从始至终，我压根不了解你是怎样的一个人。除了对我好，我对你一无所知，我凭什么喜欢你？"

虽然我觉得那男孩挺渣的，但我得说，他说的都是实话。

是啊，你爱得那么卑微，他凭什么喜欢你？你匍匐在地上，完全没有展现自我的机会，他怎么去爱你？你爱得低到尘埃里，是要让他跪到地上去找你吗？

也要看别人愿意不愿意，趴在地上去爱一个同样趴在地上的人。

Momo彻底醒了。她一直以为，自己在寻找爱情，到头来发现，其实自己根本没有给别人任何爱的机会。

自己是可爱的，还是优雅的？是聪慧的，还是坚强的？NO！NO！NO！别人从你身上找不到一个爱你的理由，你让他爱个毛啊！

别再为爱匍匐于地，毕竟人类进化那么多年，为的都是直立行走。人有人样，卑微给谁看？

《青蛇》里说："你要坚持直立，不再到处寻找依凭；你要辛勤忙碌，不再懒惰……否则交换不到什么回来。"

其实，青蛇活得最明白。就是这样子的，你倾心的人根本看不起你一无所有的样子。

学会爱人，不如先学会修炼自己吧。

Momo明白过来之后，开始用心对待自己。毕业之后一心扑在工作，工作供我们吃喝，帮我们添衣，多劳即多得，理应善待。不出几年，Momo也算小有所成，一次出差，偶然见到曾经男神。看到他坐在她面前，她愕然：怎么搞的，他什么时候长出这样大的肚腩，又什么时候一张脸黯淡无神？当年我爱得六神无主的男神，怎么会是这个样子？

对方也一愣，笑着说："没想到Momo你是这样的精干爽利，容颜秀丽。"

呵。用了四年，期待他有那么一点好感，他却正眼瞧她都觉困难。如今，只不过用心做回自己，她的好，他竟然一眼看到。

所以，别为一个男人放弃所有自尊，你失去自己的那一刻，什么也得不到。真正懂爱的人，都懂得不断地提升自己，而不是让自己越来越低。

《连环》里林湘琴始终懂得经营自己，被拒绝后，愈加优秀，即使是在自己深爱的人面前，从不低看自己一等，像一棵树一样，白天黑夜，都活得丰盛，最终，那人对她说："湘琴你是不一样的女孩子。"你看，得到爱，根本不用苦苦哀求男人。

所以舒婷的《致橡树》始终是我的最爱，你有你的牛逼，我有我的骄傲，谁他妈稀罕蹲在你脚下。

亲爱的，别再问："为什么我爱他低到尘埃里，他却什么都看不到？"就是因为你太低太渺小，才看不到啊，没人闲得慌，会时时刻刻带着显微镜，到尘埃里找真爱。

你只需要活得丰盛、热烈，给他一个看到你的机会。爱到尘埃里，根本就开不出花，而只会零落成泥，被人狠狠踩过。

千万不要去听难堪的话，一定不去见难看的人。

敢于撕掉标签的女人，都活得很精彩

最近看到一部由SK-II和《国家地理》合拍的大片，邀请来自不同国家的四位女明星，去探索地球上自然环境最为恶劣的四个地方。大片中，冰天雪地藏匿起生命的痕迹，零下三十度的极致低温，让人不得不敛去所有表情。

但一度不敢笑的四个女孩，最终完成了极限挑战，在凛冽风霜中，笑靥如花。残酷的环境，终究败给了温暖的心境，冷暖交织的那种美，诚然惊心动魄。

你有试过，在最想流泪的时候，勇敢去笑吗？你有想过，直面人生荒野，仍然艰难跋涉吗？

　　面对人生起起伏伏，我们总是习惯说不，但其实，你能抵达的远比你想象中更远。

　　在我人生最无望的时候，在我每一次想要轻易放弃自己的时候，我都会先让自己缓一下，然后去看亦舒的小说，去看海蒂·拉玛的人生。

　　再然后，我从脚趾尖儿，到头发丝，都像是被打满了鸡血，从此，在四面碰壁的困境中，重新推开了一扇窗——原来女人是可以这么活的，原来女人的人生不必千篇一律，甚至可以远超想象。

　　亦舒是什么样的女子？

　　十几岁在香港文坛出道，和她的哥哥倪匡以及著名的武侠作者金庸，并称为香港最著名三大作家。

　　一生经历三段婚姻，前两次皆以悲剧结束。

　　十八岁为爱生子，受尽世人冷眼，自以为为爱不顾一切，到头来以草草离婚收场。连她的侄子倪震亦这样感慨：凡事都必须付出代价，姑姑多年来都有阴影。

　　第二次，仍然爱得如痴如醉，到头来，却是伤了自己，也伤了别人。

　　亦舒的一生，感情路，实在算不上顺遂。但不管老天赐予她何种命运，她对文字的钟爱从未被磨灭，哪怕最为爱伤神之际，她仍奋笔疾书，不肯在自己的事业上懈怠一分一毫。她非常热衷于工作，在她的观念里，工作才是她安身立命的本事，男人，并不可靠。

她在文字中最常提及的一句话是：都市女子，哪儿有资格伤春悲秋，头天晚上，哭得再惨，天一亮，照样上个妆，当作什么事也没发生，开开心心上班去。

亦舒所代表的乃是整整一个世纪的新女性：独立、自爱，有自己喜欢并能做得好的工作，不在任何一个男人面前卑躬屈膝。

她的作品，影响了很多女性，因此被称为师太。比如我，就是在遇到亦舒之后，才发现原来女人未必非要依傍男人而活，一个女人的人生，完全可以不依靠男人，也可以比很多男人更出色。

那么海蒂·拉玛的人生又怎样？呵，貌似更酷。和亦舒所提倡的独立不一样，海蒂·拉玛的一生显然是更高级的玩法。她的人生从不设限，足以让人相信，勇敢的灵魂，可以横跨南北两极。

她是一个家境优渥的白富美，爸爸是银行家，妈妈是钢琴家，按照常理应该成为名媛一类。但她偏偏跑去当了女明星，而且是历史上第一个靠拍全裸戏出道的好莱坞明星。然后按照常人的思路，她再往前走，也不过是成长为一个更大腕的女明星。

可是偏偏，她再次挑战大家的认知，跑去搞男孩子更擅长的通信工程，而且一不小心就发明了跳频技术，也就是现在被广泛应用的Wi-Fi技术，因此而成为美国著名发明家。

她的一生仿佛永远在撕标签，你以为她是个白富美的时候，她做了演员，你以为做个演员就够了，她却跑去当了发明家，会跳舞，会弹琴，情商高、智商高，有文艺天分，数理化也格外好，人生短短数十年，她活出了千军万马的人生。

她永远在突破，在挑战自我，她用极其灿烂的一生告诉你：人不止于此，女人，亦不止于女人。很多时候，你多往前走一步，就看到了山河湖海、漫天星斗。

亦舒和海蒂·拉玛，拔高了女人的身份，也改变了我的认知，从前，我一直以为，女人的人生，不过就是结婚、生娃、抱娃，一抬眼，望尽后半生。

可当我像她们一样去生活的时候，我终于发现，对于一个女人，最重要的不是男人，不是家庭，而是自我的提升。比起与男人的撕扯，每一天，我都想看见一个不一样的自己，那会让我从井底跳出来，看到一个新大陆。

这些年来，我始终热衷极限运动，考过潜水证，跳过最高蹦极，骑着自行车，横穿半个中国，新的梦想是，可以学会海上冲浪。是因为极限运动好玩吗？不，而是我享受那种战胜畏惧、突破自我的感觉。

只有当你敢于不断更新自己，你才能摆脱别人给你的期待，找到真正的自己，那是比嫁入豪门爽一百倍的事情。

　　我总是在最害怕的那一刻最勇敢，也总是在豁出去的那一刻才明白：女人，最输不起的从来不是男人，而是视野和心境、勇气和底气。

往前闯，碰到的，除了男人之外总还有别的

追了一个多月的《那年花开月正圆》终于结束了，这部我曾经超级期待也拍手叫过好的电视剧，最终还是走上了一条"大女主"外衣、"玛丽苏"内核的不归路。

就在昨天，有读者问我说："剧中深爱周莹的五个男人，如果是你，你会选谁？"

一个女首富的一生，最终，给人留下印象的，竟然，仍然，只是男人。恍惚间又想起张爱玲在《红玫瑰与白玫瑰》中借佟振保之口嘲讽的那一句："往前闯，你碰到的无非是男人。"

此际，娇蕊淡淡回应："年纪轻、长得好看的时候，大约无论到社会上做什么事，碰到的总是男人。可是到后来，除了男人之外总还有别的。"

当下，王娇蕊被这句话一照，照出一个女性灵魂的丰富，扬眉女子才有底气说出这一句："女人，不只是有男人。"

可是，时光这么一晃，过去半个多世纪，到了如今的电视剧里，女性反倒退步了，完全没有独立风姿，心心念念、来来回回仍不过是男女之事。

以独立女性姿态出现的《我的前半生》，玩的是从一个男人走到另一个男人身边的套路，只不过后者社会阶级更上一层，颜值更让少女心动，所以更梦幻。

到了《那年花开月正圆》，有过之而无不及，玩的是另一种玛丽苏：我遇见的男人都爱我，我身边的女人都恨我。

抛开周莹秦商女首富的身份，整部电视剧的节奏，真的极其言情风。

吴聘死之前的剧情还挺好，沈、吴两家之间的商业竞争，朝廷的暗中插手以及吴家东院开办经商学堂，都非常有时代特色，而且嗅得出人情世故，仿佛晚清的市井民俗缓缓铺陈在眼前。

于是我们都好奇：一个女人，在这样的时代里，凭什么赢得瞩目？我相信你想看到的一定不只是男人。

周莹的一生，原本可以给我们一个答案。

尤其是吴聘之死，这是整个电视剧的转折点，我相信亦是真实历史中周莹的命运转折点。

当一个女人的附丽被命运无情剥夺，面对丧夫失子之痛，她该如何撑起多舛人生，又该如何抵御那绵绵无绝期的孤寂。

通常而言，命运之手推一个女人至流离纷乱的尘世，她有两种选择：

一、就此落败，归心低首，甘为庸妇。

二、心有猛兽，逆流而上，博一个扬眉吐气。

周莹的选择必然是第二种，所以她才成为故事里的传奇女性，那些曾经伤过她但打不死她的经历，最终也不过成为垒砌传奇的基石。

电视剧的选择表面来看也是第二种，所以《那年花开月正圆》的的确确也可以称为"大女主戏"。

然而，遗憾的是，那些真实发生在周莹逆袭之路上的狠厉与残忍，在电视剧里被一笔带过。就连最应该被体现出来的女主在商战中的杀伐决断、开阔格局也总是被轻描淡写。

囤棉布、开办机器织布局这种剧情刚有点商战味，女主刚开始立boss人设，然后编剧一个急转弯又拐到男男女女的事情上。

然后整个故事真的就完全落入了"全世界男人都爱我，而他们的女人都恨我"这样的俗套里。

整个剧情的推进靠的是：女人在使坏，男人在解救。

整部剧中，其他女性角色几乎全是用来反衬女主角的。大家闺秀胡咏梅，原本德才兼备，只不过因为爱慕吴聘，遇见周莹后，整个人就完全变了，活着的目的就是为了看周莹死；原本待周莹情深义重如姐妹的吴漪，因为一个男人赵白石，就修养、体面全不要了，转而以最卑鄙的手段迫害周莹；至于吴家三婶、沈府老太太那也全是来添乱的。

唯一让人感慨女性之间也可以互帮互助的大概就是小丫鬟春杏，但也是以依附者的姿态出现，并没有在周莹的进阶之路上起到多大作用。

至此，我们看到的是女性群体的集体沦陷。

周莹被塑造成一个站在男性群体中的女性，她的每一次成功，每一次脱离困境，都无法摆脱男人的影子，她人生的每个拐点处，都站着一个送她到远方的男人。

而且，他们站在周莹身边，并不是因为男女之间平等的较量，也不是利益权势的博弈，而是一个极其梦幻的理由：爱情。

真的怨不得观众吐槽，试想想，我本来想看一个"神奇女侠"的故事，却看了一个"霸道总裁爱上我，然后我得到了全世界"的故事。这并不是在鼓励女性独立，而是在鼓励女性靠撩汉换取现实利益啊。

如果所谓"大女主"是这样的打法，那和所有的宫斗剧又有什么区别？翻云覆雨的命运背后，主宰一切的仍然是男人，女人们心心念念算计的仍然是男人。

而真正的传奇女人应该是怎样的呢？

我想，她一定要比那些男人更努力，也比他们做得更好，甚至，她是工于心计的，有城府的，但保有底线的。她在别人看不到的时光里，默默吞咽下数不尽的酸楚，用一个筹码去换另一个筹码，在得到与失去间循环往复。

吟风弄月，男欢女爱，不是她的进阶基石，而是绊脚石。

她的人生摊开来看，必然是一片血淋淋中谋得那一点荣光。

但她仍然迎头兜住，这份孤勇和狠心，以及对女性命运的谅解，才是她泥沙俱下的人生里，那最难得的支撑点。

以女性的坚韧聪慧，抵抗男权社会的霸权，这才是所谓的独立女性。当下社会里，混成商业巨头的女性，靠的可不是各行首富都爱我。

什么是大女主呢？就是你终于发现，你心心念念的不只是男人，你往前走，遇到的也不只是男人。

总还有点别的，也许是和另一个女人结成的深厚友谊，也许是男人都未曾抵达的新世界。

比起"男人都爱我，女人都恨我"的庸俗剧情，我更希望看的是"男人都怕我，女人都爱我"的新格局。

为什么胡咏梅不能和周莹联手，拼出一个前所未有的秦商神话呢？为什么吴漪不能放下情爱偏见，始终和周莹患难扶持、不离不弃呢？

女性的独立，往往是从内部开始的。什么时候当我们看到女性之间不再互相撕扯，而是彼此谅解、守望相助，那才是电视剧大女主时代的到来。

女性格局真正的开阔，不是囿于男女情爱斗争，把两个女人设置为对立面，而是最后我们都明白：女人是同路人，要彼此携手抵抗命运的无常，解开传统赋予我们的枷锁。

是敢于相信：男人不是唯一的选项，得失成败有着更高级的意义。

如果所有的"独立"都是为了遇见更好的男人，那"爱情"也许就真成了张爱玲笔下那一句："根本在你看来，那不过是长期卖淫。"

爱对人，是一种了不起的才华

爱对人，就是一种了不起的才华。

身边有一闺密，十多年来，一直过着那种令人羡慕的生活：和自己老公大学时相恋，一路彼此扶持，而后结婚生子，自始至终感情都很好，两个人又勤勤恳恳，经济条件蒸蒸日上。

要爱有爱，要钱有钱。

于是，常常有人这样评价她的婚姻：不就是运气好，爱对了人吗？

特别是年轻的时候，我看到那些在婚姻中被成全的女子，也会有这样的感慨：为什么她可以有这样的好运气？

　　然后对照自身际遇，难免怨天尤人，把自己遇到渣男受到的伤害，简单粗暴地归结为：运气不好。

　　这是我们对爱情的误解，一直到现在仍有很多人停留在这个误区里，她们把爱对人这件事当成老天格外开恩，上辈子拯救了银河系。但其实，当我们从爱错人的糟糕境遇里挣扎出来，遇见自己的白马王子，你就会承认：爱对人这件事，从来拼的不是运气，而是视野和格局。

　　你能爱对人，本身就是一种了不起的才华。

　　首先，勇气要有。

　　我相信很多女孩子都碰到过一段不合适的感情。我从前的一个同事，在刚刚二十岁的时候，遇到现在的男朋友，然后天雷勾动地火，爱得一发不可收拾。

　　然而，告别了心动时的轰轰烈烈，陡然跌落至琐碎生活后，两个人的矛盾越来越多。她嫌他好吃懒做不思进取，他怨她不够温柔体贴总是咄咄逼人，事情发展到最后，他开始酗酒，有那么一次他在酒后打了她。

　　她失望至极，向我诉苦。

　　我说："纠缠了这么多年，你早该分手了。"

　　她却迟迟做不了决定。原因是已经和他在一起太多年，一来舍不得，二来如果分了手，这些年的付出就全被辜负了。

　　一直到我离开那个公司，她仍然没有勇气和过去告别。纵然她心知肚明，这段关系将给她带来无穷无尽不快乐的记忆。

她仍然舍不得。

可那些爱对了人的姑娘会怎么做？

她会狠心甩掉这段令她潇洒不起来的纠缠，和过去做彻底的一刀两断，然后斩钉截铁地奔赴一个全新的世界。

若不信，请细数你身边的朋友，看看那些生活得很美好的女子，是不是都有一颗勇敢的心。这份勇气，不单单是敢于和过去告别，更不会轻易被伤害摧毁，仍然有力量从废墟中站起，去重建新的爱情，只是下一次，她会有经验，懂得什么样的人才是真正适合自己的。

一直爱错人的姑娘，会怨怼老天待自己薄情，而最终爱对了人的姑娘，会把当年的是是非非当成经历，以此开阔视野，所以从此，她明心见性，不再轻易走到岔路。

其次，那些爱对了人的姑娘，足够理性，非常明白自己要的是什么。

知乎上有一个问题是：为什么越长大越难爱上一个人？点赞最高的回答是：因为越来越知道自己究竟爱什么人，也越来越能分辨清楚什么是爱。

我发现那些总是遇到渣男的姑娘，都有一个共同点，就是拎不清。比如《欢乐颂》里的邱莹莹，她一不懂自己对白渣男到底是不是爱，二来也看不清白渣男十分拙劣的套路。

这说明两个问题，邱莹莹既不了解自己，也不了解对方。所以关于爱情的价值观，她非常摇摆，通常是别人说什么她就信了，这种姑娘特别容易被渣男的花言巧语所欺骗，最终爱得遍体鳞伤。

可另有一些姑娘，她知道自己手里有多少筹码，也知道这些筹码能换回什么。所以她认认真真经营好自己，然后拿自己手里的牌，去赌胜算最大的那一局。

她知道自己的性格比美貌更有优势，所以，她会自动远离那些以貌取人的男性。

她看重婚姻稳定胜过爱情，那么她会自动筛选更利于婚姻稳定的选项，比如三观相合、门当户对等等。

她本身做不了相夫教子、任劳任怨的那一种女性，那么她就会选择更懂得包容和尊重的伴侣。

罗振宇在《奇葩说》里有一句话说："成年人最重要的一点，就是去做大概率事件。"

千万不要以为只有职场需要理性，其实爱情同样需要理性，奋不顾身地爱，当然看起来很梦幻，但相信我，如果你想爱对人并拥有所谓的岁月静好，这样大概率的事件就是：请对爱情保持足够理性。

也许会因此而被人说太世故吧，那又何妨，谁苦谁知道。

我自己从来就不是那种活得虚无缥缈的人，当年和老冯在一起，除了爱他，很重要的原因是相处了一段时间之后，理性地看到了两个人三观足够相合，性格足够互补。那些年轻时别人嗤之以鼻的关于家庭环境、生活习惯、父母人品的考量，原谅我现实，我都认真思考过。

好处就是：当年的理性，换来了如今浪漫的婚姻生活。

那些很多人结婚后才日渐显现的关于三观相悖、兴趣相逆的问题，在我和老冯这里统统因为婚前的那一点理性而避免。

所以，我们才不会互相怨怼，以致终成怨偶。

你看，感情和职场有时候异曲同工，只要你有心提升能力又足够努力，完全可以避过一个又一个坑。原谅我说一句很伤人的话：你总遇到渣男，说到底要么是你心甘情愿，要么是你情商太低。

在年轻的时候，我们不会把爱上一个值得爱的人当回事。那时候，觉得生命在于折腾，爱情在于轰轰烈烈，一切更像青春剧里那一句："爱对了，是爱情；爱错了，是青春。"

可终有一天，当你累了倦了，你才会幡然醒悟：那些爱对了人的背后，藏着一个女子怎样的取舍，而取舍，从来和运气无关，和能力有关。

她要比别人更清醒，才能在爱情中拿回那么一点经验值；她要绕过所有的花团锦簇的表象，用足够强大的灵魂接受爱情里的自私，谅解男女人性中的那一点凉薄，才能学会理性地对待婚姻、感性地享受爱情；她要比别人更勇敢，才能在受伤后，狠心砍断那一点痴念，用更利落的姿态，重新接纳世界。

所以啊，爱对了人，从来都是一种了不起的才华，那藏着一个女性的坚韧、勇气、果决，所以她才能体面地来、体面地走。

第五章

独立，但不过分标榜

人最可靠的始终是自己。

但当我知道有一个人随时可以让我依靠，

我会更努力地依靠我自己，让自己变得强大，

反过来也可以成为他的依靠。

独立很累，不独立更累

从前，看亦舒的小说《喜宝》。

姜喜宝与母亲谈起留学时结交的男友，一腔郁郁寡欢，说男友并非理想标准。

母亲于是说："没有人勉强你与他在一起。"

姜喜宝则答："怎么没有？我的经济环境勉强着我跟他在一起，这还不够？"

其后，姜喜宝的命运始终没有摆脱金钱桎梏，从最开始花男人的小钱，到最后一步一步沦为被包养。喜宝最初的梦想是读完剑桥大学，最后，却放弃了读书，认为读书也了无意义。

终此一生，她在世俗的定义中有了这样一个称呼：拜金女。

连她自己亦自嘲：假如有人来问姜喜宝，女人应该争取什么？我会答："让我们争取金钱，然后我才告诉你们，女人应当争取什么。"

因为没有钱，她的人生，所有意义全部终结，和张爱玲笔下的曹七巧一样，沦为金钱的奴隶。

那时候我就在想：女孩子是不是一定要有钱？

年龄越大，答案几乎越肯定。但我所谓的有钱，要加个主语——自己。不是拥有别人的钱，而是自己本身足够有赚钱的本事。

为什么？

因为只有你本身足够有钱，你才不会被金钱所诱惑，才会在面对命运无常之际，少一些身不由己的无奈选择。

所以，后来我也开始变得越来越努力挣钱，不是靠出卖自己的青春，也不必牺牲色相，而是靠牢自己一双手，用生活磨炼出来的经验和能力，用读过的书，学到的本领，伸手和老天交换一份属于自己的不必依靠任何人的命运。

我喜欢这样的自我担待，喜欢坦荡荡不必对谁交代，不必从天亮等到天黑，挂一张笑脸在男人身上，换人家一点打赏。

事事看人脸色，让你滚，你无处可去，让你笑，你不敢不笑，活得如此卑微可怜，算什么巾帼不让须眉。

姜喜宝说："当情人也无所谓，受他一人之气，总比受全世界的气要强。"

狗屁。要知道，独立很累，不独立更累。一个女孩子，一旦从别人手里乞讨命运，就注定了一生一世都争不了一口气。

我不喜欢姜喜宝那样的人生。外表看起来再光鲜靓丽，也要被人说："你看那个女孩子，只懂贪别人的钱。"

时间渐久，发现自己除了钱一无所有，不再相信爱，不再信任谁，看谁都像是为了她的钱而来，因为她自己当初就是这么过来的。

这是姜喜宝的可悲之处，她本可以靠自身本事，谋一份工作，在一个城市逐渐扎根，也许最初很累，但最终会收获属于自己的自由，过一个和自己匹配的人生。

女孩子贪什么别人的钱，慕什么浮世虚荣，好好打磨自己，把自己变成独一无二的奢侈品才是正事。

只有当自己赚够了钱，在面对像姜喜宝这样充满了诱惑的命运之时，才不用纠结爱情和面包哪个更重要。面包，我自给自足，爱情，我随心所欲，简直不能再爽。

金钱的意义，从来不是为了满足我们的虚荣心，而是增加我们的选择性，给予我们更多灵魂的自由。你可以去过有趣的生活，而不必困于金钱，事事皆哀，因此你可以获得更多的经历，拥有更宽阔的视野。

甚至，现实点来说，就连嫁个人，都能接收到不同的眼光。

女孩子没有钱，嫁个有钱人，多半落得个贪财的名声，还不见得守得住。

女孩子若有钱，嫁入豪门，也会被称赞门当户对，谁也不敢轻易欺辱。

比如，我就有一朋友，最近天天向我哭诉。说她自从找了个有钱的男朋友后，天天被人骂拜金婊。所有的人都认为她贪的是钱，而不是爱情，说她这样败人品的，早晚没有好下场。还有很多人呢，看热闹不嫌事情大，怂恿她赶紧分手，找一个自己配得上的人。

可是朋友说："我真的只是因为喜欢这个人啊。"

没用，社会就是这么现实。

所以，女孩子只能自己争气，赚够了钱，才不会被人骂拜金。想嫁有钱的，就嫁有钱的，谁也不敢看不起你。

挣那么多钱干什么呢？就是在紧要关头，可以凭本事维持一点自尊：人家不爱我们，我们站起来就走，不作无谓纠缠。

爱咋咋地，反正分分钟能给自己谋一份家当，多么爽快，这才是一个女人爱钱的正确方式，嫁个有钱人什么的弱爆了。

李碧华曾说："人一穷，连最细致的感情都粗糙。爱到最高点，你也要自立。自己不立，谁来立你？"

一个女孩子保持了独立的本事，也就留下了灵魂的自由，保留了爱的细致。

当你真正独立你就会明白：钱是世间最易得的东西，而所有美好则都是免费的。

　　你的灵魂那么贵，谁也买不起。千万别拿最精致的感情去换最粗糙的金钱，更不要牺牲自由，罔顾尊严，丢掉一生美好。钱，要自己赚，灵魂要自己养，这就是我所谓的，女孩子一定要自己有钱。

我不过凑合的人生，也不会成为你凑合的对象

几年以前，我姐相亲，双方家长都彼此看好，她和那个男孩也都觉得对方是个适婚对象。

一路几乎要走到订婚的地步。

那时候我问我姐："你喜欢他吗？"

她回答说："哪儿有那么多喜欢，只不过觉得还算顺眼，将就着结婚罢了，毕竟我也不小了。"

可是，因为没有一点心动的感觉，不管是我姐，还是那个男孩，都表现出极为强烈的婚前不安。直到有一天，他们彼此摊牌，坦诚心里的真实想法。

那个男孩对我姐说："我觉得你很好，可是我们真的要这样带着将就的情绪结婚吗？我不想将就，也不想成为你将就的对象。"

他们最终分手。

我姐后来说，转身离开的时候，她一点落寞的感觉都没有，反而觉得心里那块石头，终于落了地。那一刻，她终于明白：原来，内心深处，一段将就的婚姻会令她如此畏惧、逃避。

她一直庆幸，还好当时没结婚，也一直庆幸，此后终于内心坦荡，敢于不将就，所以才有如今的良辰美景、大好姻缘。

我和我姐一样，对待感情，从来不愿将就。当年结婚，我曾对那人说：如果你不爱我，或者并非心甘情愿结婚，完全可以告诉我，我绝不贪恋任何勉强得来的人或物，因为我不想成为别人勉强凑合的对象。

所以，当身边一些朋友问我该不该将就着结婚的时候，我都会反问一句：为什么要将就？你这么一个光芒四射的主角，干吗要跑到别人的世界里当一个不起眼的配角？你这么一个对爱情诚诚恳恳的人，为什么要配合着别人演一出闹哄哄的恶俗连续剧？而你，又凭什么委屈了自己，还要委屈别人成为你将就的对象？

知道什么是将就吗？那是一种无可奈何的让步，是一种充斥着不甘心的屈服。而你，那个甘愿成为别人将就对象的人，在别人的眼中，不过是退而求其次的次品，是不得已而为之的缺憾。

所以，何必将就呢？在我看来，将就，根本是自降身价，是打折出售，是损人不利己，一点好处都捞不到。

好的婚姻，真的是将就不来的。如果你是一个对待感情足够认真的人，千万不要为了结婚而结婚，一旦你将就了，那些心不甘情不愿最后都会疯狂地报复你。无数次午夜梦回，你那颗心都会蠢蠢欲动，你会后悔，你会埋怨，你会一遍一遍地问自己，如果当初不那么凑合，如果当初敢于坚持内心，是不是如今也能拥有让人艳羡的幸福。

因为你的将就，你让自己变得纠结，更让别人成为你将就的对象，陪着你承受那份委屈，不觉得很不公平吗？

电影《西雅图夜未眠》里，女主角安妮本已订婚，但对未婚夫华特却始终缺少一些怦然心动的爱情。直到她在电台里听到男主角山姆的故事，她发现自己整个人都被山姆的深情温暖所吸引。一次又一次，她按捺着那份心动，强迫自己去嫁给华特，却一次又一次，觉得心有不甘。

当她对华特坦白内心的时候，我曾经自以为是地认为，华特一定会取笑她，一定会不理解她，然而华特说：我不要成为你将就的对象。

多么掷地有声的宣言，那不仅仅是对女主的成全，更是对自己人生的负责。安妮有安妮的选择，但华特有华特的骄傲。

电影的最后，每个人都选择了自己不将就的人生，所以他们收获了不折不扣的幸福。

我一直在想，如果当初安妮嫁给了华特呢？也许，终此一生，她都会对山姆念念不忘，把自己的心一分为二，可是，那样的婚姻，要来何用？又或者，她终究不能凑合下去，结了婚，再离婚，可是，真走到这样的境地，岂非本不想伤害别人，但反而伤害得更彻底？

电影里的华特说："婚姻之路，本来就已经够坎坷了，每个人都应该全心全意相待。"

是啊，将就本就是一种伤害，它能一点一点毁掉你的人生，连带着让那个被将就的人，也一生都潇洒不起来。

我身边有两个特别好的朋友，一男一女，年龄相当，都是未婚。他俩曾经约定，如果到了三十岁，彼此都还没成家，那么不如他们结婚算了。今年，他们三十岁，但，那个约定，谁也没去履行。我曾经问过其中一人，为什么不选择对方。她笑笑说："因为，我不稀罕当别人将就的对象，同时也不想委屈别人将就。"

毁掉勇气、毁掉美好人生的，就是那一点将就的心，一朝将就，就是万劫难复。你可知道，只要有一个人将就了，就必然牺牲另一个人成为将就的对象。可是，凭什么？凭什么我想要好好生活，却要掉进你的勉为其难里。

我不稀罕将就，哪怕无数的人，以过来人的口吻告诉我说：其实什么爱不爱的，婚姻根本就是那么一回事，爱得再天崩地裂，也不能当饭吃，三五年之后，也就烟消云散，下班后大家打开电视一起看长篇连续剧，人生就是这样的。

可是，看电视也有个讲究，欢欢喜喜、恩爱成双地看，是一种人生；哭哭啼啼、貌合神离地看，又是另一种人生。

既然婚姻不过就是日复一日地浇花、洗衣、看电视以及吃吃饭、聊聊天，那我凭什么不找一个我喜欢的人，又凭什么要选择将就而成的那一种无奈？既然，老天还给了另一种不将就的欢喜，我又不是傻子，干吗委屈自己。

所以，千万别将就，唯有你敢于不将就，才能从老天手里，拿回本属于自己的惊喜。

真正的高级感不是名牌堆砌出来的

微博上有女孩子说："我的脸是会呼吸的人民币，纪梵希小羊皮的唇膏，植村秀的眉笔，以及香奈儿的香水，更不用提各种限量款的包包，随随便便出个门，都仿佛能听到人民币哗啦哗啦响的声音。"

很多女孩子在网页下排队刷屏留言，说女人必须活成这种精致样子，要么不出门，出了门，那张脸就必须成为会呼吸的人民币。

当然，有些女孩子不过是开开玩笑，但也有些女孩子有着迷之优越感，很为自己那张会呼吸的人民币脸而骄傲，嘲笑那些素面朝天的女孩子说：女孩子的脸越贵，才越会有高富帅追，你全身大牌，他好意思带你到肯德基和路边摊吗？可你要全身便宜货，人家带你到高级餐厅，你都没脸往里头进。

这拜金拜的，挺有逼格，呵呵。

其实，我才不反感女孩子化妆，收拾得美美的，谁看了心情都挺好，没毛病。

我也不反感女孩子买买买，花自己的钱，开心就好。我讨厌的是，一心只想做个会呼吸的人民币，靠所谓的"贵"，让别人为她的人生买单，还自以为是地将同类划分三六九等，这样的女孩子，我觉得挺没品的，和所谓的高级感也一点关系都没有。

背着LV可以去吃路边麻辣烫，穿着一百块的帆布鞋照样敢去三星米其林，懂得卸下物质光环，不靠大牌和金钱撑底气的女孩子，才算真的活出了自我。

谁没有过站在橱窗前，为了几条高定裙子而眼光迷离的时光？少女时期的我，也曾久久驻留在YSL口红面前，想象着嘴上涂一抹红色，风情万种般摇曳。那时候，我也会对自己说：总有一天，我也要活得很贵，把世间所有价格昂贵的我喜欢的东西统统带回家。那个总有一天，我给自己的期待值是三十岁。

如今，二十八岁了，却突然打碎了以前很多想法。

昨天和朋友去逛街，路过Calvin Klein、GUCCI以及很多轻奢品牌店。她突然笑了，说："还记得吗？上大学那会儿，我们也曾这样逛街，一路从大甩卖的便宜小店，走过平价品牌店，然后不知不觉逛进了大牌云集的商场。我们特别傻地站在那里，整个人完全没了底气，望而生畏，但又不自觉被那种流光溢彩所吸引。如今，一样的情景，但心情完全坦然了。"

我也笑了，问她："是不是觉得自己有底气，能把这些东西带回家了？"

她特别得意地说："是有底气了，但所谓底气，不是因为自己买得起，而是忽然之间觉得，买不买无所谓。衣服再贵又如何？口红是限量版的又怎样，重要的是，我早已不是当年那个被物质光环牵着鼻子走的小女孩。你看，我今天还不是随随便便穿个休闲衣，就趾高气扬陪你轧马路，这就是气场。气场不是穿贵的，气场是穿着毫不起眼的衣服，我也深信不疑自己完全不输阵。"

而我，也和她有同样的心路历程。

以前不愿意素面朝天去约会，总要化个很贵的妆，才会有信心坐在对面，任人打量。现在，无所谓啊，顶着一张完全素颜的脸，也能谈笑风生，因为我知道，对方真正在意的，不是我脸上资生堂的乳液，兰蔻的BB霜，而是，我这个人本身。

穿得再贵，一开口就出卖了无趣的灵魂，哪怕十个爱马仕，也不能让对方从内心深处高看你一眼。

我们好像总是容易对旁人有误解，认为世人大多只看皮囊，所以一路把贵极了往外表上捯饬。但真正贵极的唯有灵魂，灵魂才是我们在茫茫人海里的脸谱，美好与美好终将因灵魂的吸引而相遇。

王尔德曾说："好看的脸很多，有趣的灵魂太少。"可不，一个人所在乎的，通常就是他的价值观体现。你只在乎把一张脸活成会呼吸的人民币，只能说明你的价值观就是物质的，那么，你所遇到的人，也必然是物质化的，因为你的价值观决定了你得不到其他的美。

那些丰富而坦荡的灵魂，那些自由而洒脱的人性，从你身旁路过，你也不懂去珍惜，直到有一天你被物质所伤，回过头，你才会发现，你错过的才是最贵的。

我早已不执着让自己的脸成为会呼吸的人民币，虽然仍有很多人告诫我：你会失去很多机会。

一个只看到人民币脸的人，也根本就不会真正地懂我，爱我，珍惜我，既然不是同路人，错过又何妨？

我想找的，是一些我不化妆也能相见的朋友，我想成为的，是一个不用每天在物质面前绷紧全身神经的人。几千块钱的衬衫，几万块钱的包包，并不能真正地让我扬眉吐气，但我说过的话，做过的事，却会被人一直记得。

总有一天，当你卸下物质枷锁，你会明白，最贵不过灵魂，最美不过人生。活出自我，用丰富的内心去感受朝去暮至，人来人往，那才是最真实最有趣的。

你说你的脸是会呼吸的人民币，抱歉，我并不稀罕。毕竟，我的灵魂，是行走的取款机，它能为我买一张又一张的票，从当下走到未来，拾掇起眼前的苟且，送我到诗的远方。

我有资本按照自己的标配去生活

简·奥斯汀的小说《爱玛》里，哈丽特问爱玛："你为何不结婚？你如此天生丽质。"

爱玛说："告诉你吧，我连结婚的想法都没有。我衣食无忧，生活充实，既然爱情未到，我又何必改变现在的状态呢？不用替我担心，哈丽特，因为我会成为一个富有的老姑娘，只有穷困潦倒的老姑娘，才会成为大家的笑柄。"

简直为之倾倒，姑娘又霸气又自信，根本无须靠男人证明自己的价值，她选择结婚的理由只有一个：我喜欢。

这在当时是一种很超前的思想，但放在二十一世纪的当下，越来越多的姑娘走上了和爱玛一样的路：低质量的婚姻不如高质量的单身。

所以，越来越多的女孩不愿结婚。哦，千万别以为，她们不相信爱情，只是她们有资本活得很自由，所以对待爱情和婚姻，有了更高的要求。

我有个朋友说："我一个人过得挺好，面包我有了，凭什么找一个给不起我爱情，还想来分我面包的人。"

她单身了很多年，如今三十岁，有房有车，仍然不想结婚，她自己觉得无所谓，但是爸妈很着急。于是她见了一个又一个的相亲对象。

其中有一个，和她算是老同学，又是亲戚介绍的，她不想怠慢。所以，约见的那一天，她郑重其事地化了妆，穿了得体的衣服，背上包包来到那人订好的餐厅。

吃饭的过程，还算顺利，因为是老同学，很多年没见，所以彼此聊聊中学时代的事情，时间过得很快。

吃完饭后，两个人AA结了账，说有空再约。

没过几天，朋友接到了亲戚的电话，那个亲戚对她说："多好一个男孩子，知根知底，你怎么不好好把握机会呢？你为什么要点很贵的菜，还穿那么好的衣服，让人家以为你是个不懂持家的女孩？"

朋友听得一头雾水，后来才知道，当亲戚问起相亲结果时，那男孩说："我觉得她太爱慕虚荣了，又是化妆，又是一身大牌，点菜只挑贵的点，完全不懂勤俭持家，这样的女孩根本不适合结婚。"

朋友听亲戚这么一说，反而释怀了，幸好没成，不然太糟心了。

她化妆，是出于礼貌，穿的衣服是自己惯常穿的牌子，包包只是随手拿了一个和衣服比较搭的，至于点菜，她点的也是合自己口味的，只不过她没按照他想象中那样，一切都按最便宜的来。

她只是按照自己的标配去生活，但是落入别人眼中，便成了败家。

可是，她花自己的钱，买自己喜欢的衣服，吃自己喜欢的美食，没毛病吧。

其实，不是女孩子太败家，而是她过的生活，她自己给得起，而你给不起。那又何必怨怼别人爱慕虚荣，而不反思自己胸怀欠佳、实力欠缺。

像朋友和这个相亲对象，说白了，其实就是消费水平和消费观都不在一个层次上，那么好聚好散就好了啊，真的没必要去数落女孩子的毛病。

而且，我也始终搞不懂，一些人的观念，比如：结了婚就是一起省钱，要为了这个家庭，一而再、再而三地降低自己的生活水准。美名其曰：勤俭持家。

在我看来，真正的会持家，就是结了婚，一起挣钱，两个人叠加出高质量生活，而不是你过得省一点，我过得差一点，最后越过越穷，反而失去了单身时那种朝气和拼劲儿。

如果婚姻就是这样子的负面效应和廉价心态，那么要了有何用？

女人也好，男人也罢，你可以图对方任何东西，但千万别图他省钱，你不知道，省下的不是钱，而是去赚钱的动力。没钱的时候，应该想着怎么去挣，而不是和尚念经一样，对那个人念叨：你放弃你的高要求，高标准来配合我演一出没有追求的戏吧。

时间久了，你会被他拖曳着，越降越低，再也没有翱翔天空的资本。

一个家庭，一旦两个人谁都没有了更高的期待，还有什么希望？

真正喜欢一个人，不是让她降低姿态，去迁就你的低标准，而是不断努力，拔高自己，和她一起过越来越好的生活。

这就是所谓的门当户对，你的努力要配得上她的拼命。

很多时候，女孩子并不怕穷本身，怕的是穷的心态，怕的是一直穷下去，还怨怪别人太奢侈。

一个永远只求你省却不想自己去挣的人，还是算了吧，一段只想着让你降低标准而不敢对自己提高要求的婚姻，不要也罢。

　　要知道，我努力读书，拼命工作，把自己养得很贵，真的不想便宜任何人。

真正独立的女性，从不过分标榜自己独立

很早以前，我写过一篇文章，叫《我妈给我的家教，就是不管男人要东西》。当时，一位朋友看到，和我聊起这个话题。

她说："其实，你这篇，我还挺想撕你的。"现在越来越多的所谓现代女性，都活得像个斗鸡，太过要强了。其实我真的不觉得女孩子敢于依靠自己的男人，有什么错。靠自己当然好，但懂得适当的时候依靠男人，会活得更幸福。

后来，再看张小娴的书，她说自己最喜欢的生活方式是：我喜欢依靠自己的时候就依靠自己，我喜欢依靠男人的时候就

依靠男人。

然后，我回想起这些年的起起落落，回想起每一次坎坷难行时，老冯始终陪在我身边，忽然之间明白，在你最难过的时候，有一个人可以依靠，是多么幸福的一件事情。

电视剧《奋斗》里的夏琳在人生最失意的时候，靠在陆涛的肩头，她说："就让我靠一下，就那么一下下，然后我就有勇气，重新站起来，为生活而奋斗。"很长一段时间以来，佟大为饰演的陆涛，是夏琳这个不服输的女强人避无可避时的最后一处安全港，让她在砥砺前行的风雨兼程中，不那么孤独无助。

虽然很多时候，夏琳并不依靠陆涛，但她知道，她随时可以停下来依靠这个男人。对于女人而言，这是莫大的安全感，也是一个独立女人最具幸福感的生活方式。

最好的爱，的确是这样的吧，你可以靠自己，但也可以依靠老公，而且会因为感激老公给予的依靠，努力地想让自己变得更强大，然后替他承担一些岁月无常。

所谓夫妻间的互相扶持、共度悲欢，不就是你靠着我、我靠着你？敢于依靠自己的身边人，也才会心甘情愿成为别人的依靠。

就像我一个闺密，典型的女强人，曾经一度坚持认为，女人事事只能靠自己。她工作能力强，又足够努力，所以这几年升职速度飞快，但也因此，而被其他人恶意揣测是潜规则上位。真的，女人想做出点成绩，需要承受的太多了。

那是她很难熬的一段时间，公司里的风言风语，凌厉得像把刀，削去了她工作的热情，渐渐地，她对那里的人和事也心灰意冷。

她有辞职的想法，但一时间没有找到更好的工作，只能默默忍受着。在她快要撑不下去的时候，她老公说："没事儿，有我呢，想辞职就辞职吧。"

向来不屑于依靠男人的闺密，那一瞬间，几乎泪奔。后来，她常和我们说，原来有个人可以依靠的感觉这么爽。

她并非因为不用工作而觉得爽，而是在那一段靠老公维持家庭生活的时间里，她清清楚楚地感受到了这个男人的责任心，看到了他的担当，看到了他的努力。这一小段被人养的岁月，不像她想象中一样，她会受尽嫌弃，相反的，这段本来因为她过度要强而裂隙渐生的婚姻，现在因为这一点彼此依赖，而变得柔和温情。

因为心疼老公一个人养家，闺密开始马不停蹄地找工作，常常有人会问她："你老公可以养你，你干吗那么拼命啊？"

换作从前的她，一定会这么答："谁稀罕被男人养啊，我那么贵，谁也养不起。"现在的她，却是这么回答的："对啊，就是因为他可以养我，所以我希望自己不那么废，有一天在他困难的时候，也可以养他。"

这种相互担待，让我很感动。

我突然觉得把自己活得像个斗鸡，对谁都把全身的毛竖起来，挺没意思的。

越来越多的女性，的确开始变得比男人更能挣钱，但是莫名其妙地心态奇突，认为自己牛逼到但凡靠一下男人，就是毫无灵魂（这样的矫枉过正我也有过，所以得反思）。于是活得越来越坚硬，动辄上纲上线，看不起这个，瞧不上那个。

可其实，婚姻就是男男女女的事情啊，在必要的时候依靠自己的男人丝毫不可耻。我觉得一个女人最牛逼的活法是：可以坦然地说出，"老公，你养我呗"，也可以骄傲地说一句："老公，我养你啊。"

女人要有凌厉的姿态，但也不要丢了柔软的心态。

我会努力工作，挣很多很多的钱，养自己的口红、自己的包，还有我们的熊孩子。但是有一天，当我在职场里受尽了委屈，暂时不想工作的时候，我希望我老公可以微笑着说："我养你。"

我有自己的梦想，兢兢业业想要实现它，跋山涉水我都无所谓。但我知道我会累，我希望在我快要放弃的时候，可以靠在我老公的肩膀休息一下，然后顽强地再一次站起来。

那个可以让我依靠的老公，我当然知道，他并不能负责我的人生。但那偶尔的依靠，足以缓释我的疲累，也足以让我看清他的好，从而对人生充满期待。

婚姻，就是在这彼此的靠一靠里，才变得牢不可破。

　　我当然也知道，人最可靠的始终是自己。但当我知道有一个人随时可以让我依靠，我会更努力地依靠我自己，让自己变得强大，反过来也可以成为他的依靠。

　　"人"字的结构是相互支撑，人生，就是在这互相依靠里，才坚不可摧。

　　所以，依靠男人有什么不好呢？能靠自己，也能依靠男人的女性，才是真的独立，才是人生赢家。

别人的打赏，你最好不要太期待

　　就在最近，我从职业女性，变成了无业人士。辞职归家，心里并非没有彷徨。

　　身边很多人说："多好啊，我们想赋闲在家，都没那个条件。一个女孩子，挣那么多钱干吗？你老公养你就好了啊。"可是我怕，我怕日复一日的消磨中，生活变得无趣，更怕自己习惯了从男人的手里讨生活，最后变得面目可憎，全无自我。

　　所幸，还有写文这个谋生手段。

　　因此，当我老公对我说"只要你愿意，你可以不用天天码字，我养你"时，我连连摇头。

文字是我的立身之本，更是我的灵魂依赖，我怎能放弃？

我从不信这世上所谓的"我养你"。所有的被人养，都是有代价的，拿了他人的钱，就在他人面前降了格。

你看，我不过辞职三天，我妈就对我说："现在你不工作了，家里的一应大小杂事，就理应你承担。"你可知，一个月前，当我拖过一把扫帚，准备打理家务时，我妈还说："我女儿，那是搞艺术的，怎么能被这种小事耽误。"

所以呵呵，挣钱才能趾高气扬，要钱活该一地鸡毛。

生活，是自己赚出来的，别人的打赏，你最好不要太期待。

一开始，我们都轻信于别人的"养"，最后都只信自己"赚"来的。

我有一朋友，国内一流大学研究生毕业，毕业后在自己的行业领域里，小有成就。三年前，她嫁人，对方家境优渥，对她说："亲爱的，你不用上班，在家做个全职太太，有钱有闲，悠游自在。"

她那时，恰好拼得有点累，就信了。放弃高薪工作，放弃原有生活，走进一个靠人"赏"的全新世界。

很快，她怀孕，自然被人待之如宝。那一年的生活，简直如做梦，无须赚赚赚，只管买买买，无人与之计较。

后来孩子出生，梦也就醒了。长年寄居他人手中，她志气渐短。买件衣服需要钱，买个车更需要钱，不想降低生活品质，那么来嘛，灵魂把头低一低。

有时聚餐，听到她与她先生通电话，不出三句，便要转到钱上。没办法，不像当年自己有工作，自负盈亏，和对方只需谈感情，现在生活为大，感情滚一边。

长此以往，你觉得不会有问题吗？当然不，原本郎才女貌的一对，在金钱的考验下，败下阵来。

朋友觉得，她的先生早已不复当年对她的宠爱，现在花钱处处要看他的脸色了。对方呢，觉得她日渐庸俗，从早到晚，拿钱说事，毫无独立女性的姿态。

两个人从最初的你情我愿，变得你厌我烦。

旁人提起她，亦说："美则美矣，毫无灵魂。"风云大变，须知，三年前，任谁说起她，也得赞一句："才华与美貌兼备。"

今年，朋友决定去上班了，重新开始当然艰难，三年，高楼大厦不知道盖起了多少，属于她的那一栋早就找不到。但她仍然坚持，她和我们说，从今以后滋养自己的每一分钱，她都不会从别人手里讨。

讨来了几分物质，就要抹杀几分灵魂。

永远不要寄希望于别人的"养"。不管你们的感情有多么好，当你需要他养的时候，你们就必须谈钱了。因为你没有钱，不谈钱怎么生存。

两个人，只有彼此都不缺钱，才能心平气和地坐下来，慢慢谈感情。

为什么那么多女孩在结婚的时候，要先问对方有没有车子、房子和票子？为什么我们在考量一个男人的时候，总是把会赚钱作为一个重要的考量指标，因为我们，要么没有钱，要么缺乏赚钱的本事。

陈乔恩有一次参加访谈节目，金星为她做了一个结婚对象条件筛选的测验。在"会赚钱""责任心""有才华""大长腿""秒回信息"等二十来个选项里，只能留下三个最重要的。

陈乔恩很快撕掉了"会赚钱"这个标签。金星觉得诧异，说这一项很多人觉得很重要，但陈乔恩说："我会赚钱就够了啊。"

对，她有资格谈爱情，因为她用不着谈钱。

所以我想说，姑娘们，如果你们真的那么渴望嫁给爱情，那么请一定要自己养成赚钱的本事，不要被他的物质所养。

我知道"我养你"是浪漫的。但你要被他的好、他的爱包养，而不是被他的钱包养。

搞清楚这里的逻辑：先挣钱，再谈爱，所有的爱都建立在金钱上，不管你信不信，这是真的。

你管别人拿了钱，你就少拿了爱，你自己先挣了钱，你的爱就会多一些。这个社会的公平，无处不在。

如果有个人对你说："我养你。"先别忙着感动，问问他用什么养你。

如果是爱，是生活里的点滴照顾，可以接受。

如果是钱，赶紧拒绝。他养你一时，就要用你一时，劳驾让开，别阻挡本宫美得有灵魂。

他养得起你的生活，也养不起你的灵魂。灵魂那么贵，香奈儿、爱马仕在它面前也黯然失色，它支持着你熬过一个又一个伤悲春秋，岂是别人能养得起的?

只有你自己，才配得上你的灵魂。别人的支持只限于摇旗呐喊，隔岸观火，一待不可收拾，立刻劝你处变不惊，庄敬自强。

既然如此，何不从一开始，就对自己负点责任。你要知道，长年累月缄默地管别人要钱，比之挣钱需要更大的勇气与毅力。

我一直相信，这个世界是守恒的，人和人，物和物，都需要价值交换。而我只是不愿意拿我无可替代的灵魂去换随时能赚的物质。

就算你养我那又怎样?我不稀罕，我那么贵，谁也养不起。

我妈给我的家教，就是不管男人要东西

《她的二三事》里，结好说："母亲的家教就是不管男人要任何东西。"

当时看到，为之一震，因为目下，大多数女孩子接受的家教是："长大了，一定要找个好人嫁了。"

好人的概念非常之广，包含钱、爱、人品等等，如果皆备，最好不过，如果不能求全，那么最少选择对自己最有利的：没有很多很多爱，就要很多很多钱。

妈妈们用自身际遇潜移默化我们：女人这一生，最后拼的还是男人。

我很庆幸，有一个像结好那样的母亲，自始至终，她给我的家教是：你无所依靠，事必靠己。很多很多的钱以及很多很多的爱，你都可以自己给自己。

小时候读书，学校和家有段不远不近的距离，别的小朋友都是爸妈骑自行车接送，我妈却从来不接我，她只是在第一天带我熟悉了路程，其后，她要求我，必须自己上下学。

每天，我在前面走，她远远地在后面跟着，有一次，风大雨大，我撑伞撑不稳，一个趔趄，倒在了泥泞里。第一反应是看向妈妈，她远远地看着我，一步也不向前走，完全没有要帮我的意思，我只能自己想办法，慢慢地从地上爬起来。

那以后，我妈不再跟着我上学了。大概是觉得，我已足够有能力面对风雨。

以前我一直不明白，以为她不接送我，是不爱我，但看她远远地跟着我，又觉得矛盾。后来，我明白，她只不过是狠下心，要让自己的女儿独立起来。

她一直和我说："对人对事，只要你有能力担当自己，就没什么可怕的。"

当然，她自己亦是这样一个女子。我爸因工作，常年在外，家里一应大小事，都是我妈独立处理。

二十多年来，她奉养老人，生儿育女，贫也好，富也罢，始终靠牢自己一双手，不向别人索取什么。

累的时候，她对我说："别怕，事情是越做越少的，人是无止境的。"

　　穷的时候，她也保持风骨，一身旧衣服浆洗干净，穿戴笔挺，仍是漂亮优雅的妈妈。她对我说："别人看重你，看的可不是外表，而是你的心。你不必为缺衣少食，自认低人一等，更无须为吃好穿好，作践自己。"

　　这句话我受用了一生，如果当时我妈对我说的是："我们就是穷啊，和别人比不起。"那么终其一生，也许我都会为自己的"贫穷"而自卑，甚至为了改变这种自卑，我会一味索取，误入歧途。我很感谢，她让我知道，一个人贵的是灵魂，而不是外表。

　　考上大学那一年，一些亲戚朋友来我家道贺，他们当着我的面和我妈说："上大学挺好，见多识广，接触的人也很多，将来也能挑个好男人。"我妈听了，即刻说："一个女孩子，读书识字，不是为了男人，而是为了自己。"

　　她始终告诫我，不要把自己的命运推至男人身边。当你发现，你一生祸福，全由他一枚戒指主宰，你会知道那是多么可悲的一件事情。

　　后来，我结婚，身边的人问我："他在哪里工作？一个月能挣多少钱？他爸他妈做什么的，家里是不是特有钱？"

　　我妈问的是："和他在一起是否快乐？"我说是，她点点头。

　　她甚少问及我老公的经济状况。有一次别人和她说："你女婿能赚钱，你女儿好福气。"她反问一句："他能赚钱，和我女儿有什么关系？"

仍然是想告诉我：别人得来的，始终是别人的。唯有自己挣来的，才是自己的。

我得承认，一个女人过得好不好，与她所嫁之人，确有联系，但绝不是唯一的联系。真正的幸运，是拼自己，而不是拼老公，我花光所有的运气，不是为了遇见一个人，而是为了成全更好的自己。

把婚姻当成顺其自然的选择，先经营好自己，然后爱了嫁了，如此，即使有天分崩离析，你也不至于一无所有，因为从一开始，你就是完整的自己。所以，你仍然有重新开始的资本，无非就是换个人爱。

可如果把婚姻当成谋生的工具，你要当心，一切皆有风险。一旦他翻脸，就怕你满盘皆输，靠人终不如靠己，你自己才是你最忠实的支持者。

我妈最怕我依赖别人，最后一无所依，所以半生兢兢业业，都在帮我谋求独立的本事。她没有带我走遍世界，但教会了我体面，带我领略了世面。

回家的时候，我和我妈说："都说女儿要富养，我就是个范本。"

我妈说："你可不算，你小的时候，家里条件正艰苦，既没吃好，也没穿好。"

不不不。如果是从前，我一定会对别人说："富养就是让一个女孩子，用最好的东西，去最好的地方。"

但时至今日，领略浮世繁华，我愿意相信：

真正的富养，不是把最好的物质塞给对方，不是穿最好、用最好、去过多远的地方。真正的富养，是让她知道，最贵的东西，不是物质；最好的本事，是自己挣，而不是开口要。

是教会她谋生，赋予她独立，让她学会为自己的灵魂负责。

我妈给过我最好的家教，是不向男人要东西，只管自己要远方。

所谓沟通不累，就是可以随意谈钱

也许是临近过年吧，所以最近朋友们谈起的话题都是"要不要带男朋友回家过年"。

最纠结的，是相识多年的一个初中同学。

她说，她的男朋友很体贴，很绅士，懂她的喜怒哀乐，也总是能逗她开心，但她总觉得有哪里不对劲。最明显的就是，只要一提到钱，他就满脸不乐意，会一反常态地板起脸来教育她，不要成为那种物质女孩。

她问我："这样的男朋友能不能带回家过年？"

当然不能。一个男人不愿意为你花钱，还反过来攻击你是物质女孩，这样自私的男人，不分手难道将来等着离婚吗？

　　我并不支持女性在经济上依赖男性，因为一旦有依赖的心理在，就不太可能心平气和地谈恋爱。

　　但我更明白，一个男人愿意为你做任何看起来浪漫的事，除了花钱，那意味着：他不是真的爱你，所以他的人生大规划里，统统没有你。

　　什么是人生大规划呢？原谅我俗，没办法这世界大部分人都是俗人。而俗人的人生大规划，说来说去就两件事：挣钱和花钱。

　　如果在这两件事上，不能沟通，不能融合，那就趁早说再见。

　　朋友自然有些舍不得，她说："可是和他在一起，真的相处不累啊。"

　　我说："你们相处不累，是因为你们始终没谈到钱，婚姻里大部分的鸡零狗碎都离不开钱。所以，在我看来，真正的相处不累，是两个人可以心平气和地聊一聊关于钱的问题。"

　　然而我发现，不止我这个同事，我们身边有很多女孩，都有过这样的经历：她们起初被男人的温柔打动，然后不管不顾栽倒在恋爱的甜蜜里，直到多年后过了爱做梦的年纪，才发现身边这个男人，自私贪婪到让人失望，于是她们都开始感叹，婚姻是爱情的坟墓。

　　可是我想说，婚姻并不是坟墓，而是当初你选择的那个男人，推翻了你对于美好人生的设想。

永远不要听一个男人怎么说，而是要看他和你恋爱时，每当涉及自身利益时，他所作所为背后的态度，这是检验一个男人有品没品、够不够爱你的最准确的标准。

钱，是一面镜子，所有的自私，都会被照出原形。

一个时时刻刻在为自己打算盘、衡量利益得失的男人，你怎么敢嫁？恋爱时，说来说去不过情爱二字，极少涉及利益，但婚姻就复杂了，处处需要你舍掉一部分自我，去换取两个人的平衡。

一个不愿意为你付出的男人，只会让你在婚姻里一忍再忍，画地为牢。

所以，我一直认为，看一个男人爱不爱你，就看他在利益面前，愿不愿意为你付出。当然，所谓利益是有很多种的，那么我们再具体一点来谈，就是检验一个人爱不爱你，就看他敢不敢和你谈钱。

不要以为谈钱就是庸俗的，三毛曾经说："爱情如果不落到穿衣、吃饭、睡觉、数钱这些实实在在的生活中去，是不会长久的。"张爱玲亦说："爱一个人爱到管他要零用钱的程度，是一个严格的考验。"

但所谓谈钱，不是让大家去爱一个人的钱，而是认认真真地去思考当你和对方谈钱时，他所表现出的态度：是钱更重要，还是你更重要。

当年荷西问三毛想嫁个什么样的人，三毛说："看得顺眼的千万富翁也嫁，看不顺眼的亿万富翁也嫁。"荷西："说来说去还是想嫁个有钱的。"荷西又问："那你要是嫁给我呢？"三毛："要是你的话，只要够吃饭的钱就好。""那你吃得多吗？"荷西问。"不多不多，以后还可以少吃。"

你看，号称要嫁给有钱人的三毛，当年还不是嫁给了不算有钱的荷西，无非她在荷西的苦苦追求中，看到了他不功利不算计的付出，所以心甘情愿陪他浪迹天涯。

三毛和荷西，两个人从未因为钱而斤斤计较，荷西不会拿着一个算盘，盘算自己付出几何，三毛又该回报几何？他认认真真地爱着三毛，也换回三毛死心塌地的陪伴。

但偏偏这世上还有另一种人，你不能和他提钱，只要一说到买房、买车、彩礼、嫁妆，他就会觉得你拜金，甚至会在分手时列出一页详细的清单，抱怨自己付出太多，而让你归还那些年他花在你身上的钱。

这样的新闻，想必大家看得太多。

我曾经也认识一个男孩子，浪漫而有才华，会为了我写下一段又一段美丽的文字，也常常在星夜里拉着我的手，坐在漫天星辉下，唱着最动人的情歌。那样动人的场景，让当年尚且幼稚的我，自以为遇见最轰轰烈烈的爱情。

可我们终究闹得不可挽回，只因为在我最困难的时候，曾经无奈开口向他借了钱。他自然没借给我，只留给我一句话：

"真没想到你这么拜金，我一直以为你不是个庸俗的女孩。"

相识三年，换回这样一句话，我不是不受伤，一度以为真的是自己太过物质。

但后来，当遇到真正怜惜自己的人，才明白，最物质的那个人，不是我，而是他。

只有最爱钱的人，才最怕人人都贪恋他的钱。

所以，姑娘们，别傻了，一个愿意为你花钱的男人未必爱你，但一个男人你一和他提到钱，他就怕，那他真的就不爱你。

真正的相爱，是一定可以坦坦荡荡谈钱的，因为你们都相信，最重要的是那个人。

所以，找一个敢和你谈钱的人结婚，他敢于割舍掉自己的利益去爱你，那么你们将来才不会为鸡毛蒜皮、为谁的钱多谁的钱少而吵到天昏地暗。

有句话说："分手见人品，离婚见人品。"其实说来说去，都是利益见人品。

为什么女人越圣母心，越会遇到渣男

　　许婧在谈及当年两个人的婚姻时，说过这样一段话：

　　"在上一段感情中我总是扮演长辈的角色，从生活的细琐到嘴上的大道理，这个相处方式明显不对劲儿，结局也有目共睹。我自认为最失败的一点是始终没教会对方负责任……无底线地被包容……让他总觉得生活中机会大过考验……这样的人面对指责惯用组合计就是逃避加推卸责任。"

　　没结婚的时候，我是不懂男人也需要被教的，对她的这番话，不理解，总觉得所谓担当和责任感这种事，是与生俱来的。

及至自己结了婚，才明白：一个男人在婚姻和感情中的责任感，的确是需要培养的。

说个真事。

之前一个朋友嫁人了，对方是圈子里盛名久负的"渣男"。据说大学时就很会撩妹，女朋友换了好几个。

朋友嫁的时候，很多人得知对方是他，都暗自替朋友担心，委婉地提醒她："据说此人容易翻船。"

而这个男生的朋友呢，得知他要结婚，都惊掉了下巴，在他们眼里，他是那种永远玩不够的男人。

所以，在我们所有人以为他必定在"渣"的路上继续前行时，谁也料不到他会猛然转身，给自己找了个归宿。

更让我们意外的是，这样一个不被大家看好的男人，在婚后，却极其顾家和有担当，做起了好好先生。

比我们更暗恨、更无奈、更抓狂的是他的前女友们。

明明结婚以前，他还信誓旦旦地告诉她们："婚姻是个庸俗的形式。"然而，遇到了自己真正喜欢的人，他便欢天喜地和她公开了"最庸俗的形式"。

所以，不要太相信男人说的话。

他所谓的"不想结婚"的真相是：只是不想和你结婚。

所以，他的前女友之一，我们的一个高中同学，在得知他结婚后，无奈自嘲道："我一直以为，他就这样儿，天生的渣、坏、痞，可是我错了，原来他也可以不渣的，不过不是对我罢了。"

是的，不是他渣，他只是对你渣。

为什么会这样呢？我也想知道为什么。

因为前女友不够好吗？才不。事实上，他的前女友，在我们整个老同学群里，公认的性格、人品、容貌好。

而且，高学历，又是银行体制内职员，最近又升职了，薪水更高了。曾经连我妈都对她连声称赞，说她是大部分妈妈心中的标准儿媳。

然而，偏偏遇到了那个男生，一脚踩进泥潭里，便被泥鳅咬住了脚，再也拔不出来。

要不是亲眼看到她是如何死心塌地对那个男生好，我还真不敢相信，现在还有这样踏实、传统的姑娘。

比如，他在外租房的时候，她看不惯他住的地方环境差，便每周来为他们打扫一次房间，高至擦窗户，低至刷马桶。男生主动提出帮她分担，她却笑得一脸宠溺，连连摆手说不用，让他忙他应该忙的。

几次下来，他也觉得扫兴，便再也不主动帮她忙。

后来，这成了常态，她忙前忙后，几乎沦为他的保姆。她忽略着自己，所以不用多久，他也忽略了她。

喝醉了，打电话让她接；惹麻烦了找她摆平；缺钱了找她借；和她吵架了，不顾她的情绪，转身去微信里找别的姑娘聊天。

　　她眼睁睁看着他以最残忍的方式对待她，却怒其不争地告诉他："其实，我可以原谅你的。"

　　他却连原谅的机会也不想给她，他说："我不想让你原谅我，我只想和你分手。"

　　这时候，轮到她说他渣了。

　　可其实，他原本可以不渣的。我觉得很多姑娘都容易犯一个和我老同学一样的错误：在感情里，把自己当圣母。

　　但我想说的是：要警惕感情和婚姻里的圣母病，这是"渣男"最好的培养皿。

　　你把自己放在了圣母的角色，自以为可以承担一切，又凭什么和他谈爱情呢？

　　我们生活中，其实很多男人并不是天然渣，就像我们现在吐槽的"直男癌"，其实也不是不可改变的，只不过，很多女性，始终把自己当女超人，没教会男人如何负责任罢了。

　　我们"80后""90后"这一代人，很多男性都有点"直男癌"属性，也不能完全怪他们，因为他们成长的阶段，是中国经济最好的独生子女时代。

　　从小被捧在掌心长大，加上他们老妈在婚姻里的圣母病，使得他们成长为标准的惯养独生子，衣来伸手，饭来张口。

　　比如我家老冯。

　　我婆婆有时候对我抱怨她儿子又懒又不会做家务。可是，在我看来，那抱怨里都透着宠溺。

他当然什么都不会。

每次回婆婆家，我老公的日常都是这样的：

"衣服脏了吧，快，脱下来，妈妈给你洗洗。"

"儿子，快起来吃饭，妈妈给你放桌上了，水果给你洗好了啊。"

别说我先生了，就是我，在婆婆家，都被惯得一身毛病。

然而，在我们自己的小家里，忙到无暇自顾的我，没心思做圣母，所以很多事情，他必须自己来。久而久之，洗衣做饭，样样都学会了。而且懂得对我说一句："做家务也挺辛苦啊，老婆你之前太累了。"

很多男性，不是不想负责任，而是他们的父母没教会他们负责任。

所以，"直男癌"都是养出来的。

我在婚姻里的准则是：你要尊重别人对你的好。所以我家老冯主动要求做家务时，我从不拒绝，也不会因为他做不好，摆出一副嫌弃脸。作为家庭的一员，他有必要、有责任知道，维持一个家庭的艰辛。

别做那种在婚姻里操碎了心的人，当你敢于让别人帮你承担起一份责任，你会发现，婚姻其实也可以不那么艰难。

爱情也是一样的，作为恋爱双方中的一员，男人应该知道他要负的责任是什么。

很多渣男的进化，是因为女孩一直在扮演着大人的角色，没有教会他负责任。女孩的态度使他认定了，无论自己如何贻害人间，都能轻易被纵容。

既然渣无罪，何必扮好人。

人性，是如此复杂，谁没点渣的苗头呢？重要的是，聪明的女孩会适时地掐灭那小小的火苗，而过度宽容的女孩，任它发展成了燎原之火。

爱情也是有是非观的，你爱的人，并不需要你去原谅他，而是需要你不给他犯错的机会。

容忍"渣"是不道德的，太多女人，喜欢原谅渣男，不喜欢纠正渣男，所以活该你得不到一份好的爱情。

第六章

婚姻，不是你人生的标配

别用结婚与否来衡量自己的价值，

也不必活成任何人期待的那种样子。

在不伤害别人的基础上，

选好你自己最喜欢的那条路，

认真一点、坚定一点地走下去。

一辈子很长，要和一个有人品的人在一起

之前看过一篇文章，文中采访了十对夫妻，讲述了他们结婚多年后渐渐无性的婚姻生活，没想到一下子戳中了很多人的痛点。

很多人对我说："比起无性，最可怕的是无爱。"

以及其中一个读者更触目惊心的这句话："比起无性，最让我无奈的是，他只是对我没兴趣。"

然后她给我讲述了一段故事：相爱十年，然后结婚，结婚不过两年，她发现自己的身体对他不再有吸引力，然后发现了他出轨。第一次，她选择忍耐，第二次，第三次……她

最终绝望。

终于，有一天，她回到家，看到空无一人的卧室，再看看满墙的婚纱照觉得讽刺至极，她选择了离婚。

分崩离析的那一刻，她问对方："为什么要出轨？出轨很好玩吗？"

那个男人没有回答她，但是说了一句耐人寻味的话："可是我还爱你。"

后来，她问了我同样的问题："出轨，真的那么有吸引力吗？如果你是像我这样，夫妻之间出现了问题，你会选择出轨，或者找个人玩玩吗？我觉得，如果爱一个人，你是不会出轨的。"

我的第一反应却是："为什么要出轨，我觉得陪别人玩真的好累啊。"

我对她说："其实，我对男女那点事真没有什么兴趣，和爱不爱没关系。"

也许她觉得有点意外吧，于是多问了一句："怎么会对男人没兴趣呢？毕竟你也是个女的。"

坦白讲，我不知道自己什么时候开始有了这种心理，也许是年龄大了些，也许搞不好是性冷淡，随你们怎么想，但是，我真的对撩汉这种事情，一点兴致都没有。

我觉得窝在家里看电视，出门逛街血拼，闲暇时间飞去旅行，灵感来的时候写点全是鸡血的文章……这些平实却温暖的每一件事情，都比和男人玩玩有趣多了啊。

我最爱自己，其次才爱男人。

出轨能给你带来什么呢？无非是身体上的满足，后遗症是，灵魂的日益空虚，以及对至爱之人的无尽伤害。

也许你会说，这是女性的想法，作为视觉系动物的男性，可未必这么看。

但我想说的是，男性也一样，越是懂得爱自己、越是懂得生活的男人，都不会在出轨这件事上冒险。

爱自己的人，会怜惜自己的羽毛，懂生活的人，在他的价值观里，有千千万万件比出轨更重要的事情。

所以，他们不愿意为一件小事耗费心神，这和他爱不爱你没关系。

很多人会想当然地认为：只有深爱你的男人，才不会出轨。

其实不是的，只有深爱自己的男人，才不会轻易出轨，因为他深知需要付出什么样的代价，能让他约束自己的，是他对自己那份体面的尊重。

某知名男艺人的一次出轨，磨损掉了多年经营起来的好男人形象，失去了担纲周星驰电影男主角的机会，好比釜底抽薪，一朝之间抽干了他的大好时光，直到如今，事情过去很多年，他也没回到当年的风光无限。

某知名女艺人又怎样呢？有人做过一个统计，说她的咸猪手，至少截掉了一个亿。如今，仍然元气受损，难以恢复。

导致他们如今这份潦倒境遇的，难道仅仅是飘渺虚幻的所谓"爱情"吗？才不是，是他们人性深处，对自我的无所谓，对道德的低约束，是他们觉得出轨这件事和体面不体面，没什么关系。

而那个说"不想给女儿当榜样，所以要拒绝花心"的吴尊，他能坚守婚姻里的唯一，是因为在他的价值观里，"花心"就是一件极其不体面的事情。

所以如果我说，出轨不代表他不爱你，不出轨也不代表他爱你，你一定会觉得很残酷，不过没办法，这是真相。

决定一个男人出轨不出轨的，不是他对你的爱，而是他的价值观。

所以，那种说着"我不过是犯了天下男人都会犯的错"的男人，趁早远离吧，他再爱你，也抵不过他早已根深蒂固的价值观。

找一个爱你的但是价值观扭曲的人，不如找一个价值观积极正面的人，这样的人，即使不爱你，都不会伤害你。

为什么我们的世界里，女性出轨概率要远远低于男人，因为我们内在的价值观无时无刻不在提醒我们：女性出轨，天地难容。

这个世界，对男性的约束实在太少了，但我想说的是，男女都一样，出轨这件事，不能只让女人背负骂名。

　　社会教会了女性如何在婚姻里保持体面，却没教会男性在婚姻里保持尊重。

　　出轨，归根到底是价值观的导向，不是爱的结局。

　　灵魂的空虚，社会的纵容，一切不如意处，无法自我填满，便要凭借男欢女爱，撑起人生这场海天盛宴。

　　所以避免出轨，需要救赎的不是爱，而是价值观。

　　我希望大家能意识到，这世上最珍贵的品质，是你对自己的尊重，唯有你尊重了自己，才能换来别人对你的尊重。出轨爽一时，但带来的最严重的后果，不是你对婚姻的背叛，而是你对人格的背叛。

　　时至今日，大家提起那些出轨的名人，不是为他们的婚姻失败而遗憾，更多的是对他们人品的质疑。

　　一个女人最重要的，从来不是男人，而是自己。

　　一个男人最输不起的，从来不是人设，而是人品。

　　当你懂得尊重自己的时候，你就会对出轨这件事情质疑、排斥，因为你的快乐和丰富，有自我灵魂深处的补给。

　　王小波曾经说过："一辈子很长，要和一个有趣的人在一起。"

　　但我想说："一辈子很长，要和一个有人品的人在一起。"

　　找一个懂得独处，也爱惜羽毛的人结婚吧。如果，你身边的那个人，对什么都没兴趣，也不懂得丰富自己的灵魂，那你要当心，他的兴趣很可能是：女。

出轨这种事，说白了，无聊才会上瘾，没品才会放肆。

姑娘，婚姻不是人生标配

前几天，一个读者在微信里和我聊天，他对我说："其实，我有句话特别想对你说，又觉得不太礼貌，但是真的，看你朋友圈，我觉得你这辈子都不太可能结婚了。"

我自己也觉得吃惊，于是反问为什么。

他给我发来一些我的朋友圈截图，大部分是我这一年在各个地方的旅行照片，另有一些就全是工作的琐事。

他说："你看，你这大半年，发了这么多条朋友圈，要么是吃喝玩乐，要么就是工作，没有一条提及男人，也不展现传统女性的魅力，完全不符合正常男性对适婚女人的审美嘛。"

然后他和我描述他想象中那种宜家宜室的女性，其实无非也就是：洗手作羹汤，叠被铺床来，克勤克俭，任劳任怨。

我听完之后，顿觉挫败。是，怨不得别人说，贤妻良母我还真当不来。

别说他吐槽我了，连我妈都觉得我不是那种适合给别人当老婆的人。洗衣做饭，完全是外行；哪种牌子的洗衣液好用，哪种厨房用具省时省力，我一窍不通；和老冯去逛超市，该买什么、买多少量，都是他说了算，我只负责买自己喜欢吃的。

我妈有一次跟着我们逛了一天，回家就对我一顿劈头盖脸的骂："有你这么给人当老婆的吗？"

如此看来，像我这种四体不勤五谷不分的人，结了婚还被人误会一辈子嫁不出去，也不算什么稀奇。

坦白讲，如果用传统且单一的"男主外女主内"的婚姻价值观来衡量，我看起来的确太糟糕了。

所以，我身边的很多长辈，乃至一些同事，都对我的婚姻状况表示过担忧，她们觉得长此以往，我大概会落得个被抛弃的命运。也有读者在后台质疑我，说我不把精力放在家庭，过于关注个人成长，活该注定孤独一生。

我曾经也在各种质疑声中反思过自己：我不够传统，做不了照顾家庭的那种女性，是不是真的就不配拥有婚姻？

我很认真地审视了自己的婚姻状况，然后发现，在我和老冯从恋爱到结婚的这十多年来，我们从来没有因为谁做的家务多、谁做的家务少而争吵过。我不觉得他身为男人洗手作羹汤有什么了不起，他也从来不觉得浇花洗衣分属女性。

一直以来，我们的相处模式都是：做自己喜欢的事情。碰到两个人都不喜欢的，那么坐下来，好好商量，然后共同应对。

这是我特别欣赏老冯的一点：他从来不以传统的眼光定义女性，在他这里，我先是一个人，其次才是一个女人。

也许正是因为他的这一点尊重，我才会那么坦荡地去不断培养自己的兴趣，提升自己的成长，不会为自己做不了家庭女性而心怀愧疚。

事实上，一个女人对家庭的付出，也没必要只能是大家所认为的那一种形式。

认认真真工作，勤勤恳恳经营事业，和男人一样不断提升自己的能力，拓展自己的格局，让他坚信，哪怕有一天，他在经济上遇到困难，你亦可以撑起整个家，同样也是一种付出啊。

不要以为只有女人会没有安全感，男人也一样，而且，男人最大的安全感恰恰是经济能力的加持。

老冯曾经对我说，一直以来他在事业发展上那么敢折腾，无非是因为知道还有我。婚姻的状态不仅仅只有男攻女守这一种，更让人有底气的是你们可以携手筚路蓝缕、以启山林，也可以一起浪迹天涯潇洒生活。

男耕女织的时代已经过去了。

一个会持家但没有独立能力的女性和一个经济能力很强但不懂洗衣做饭的女性，你觉得身为女性本身，哪一种更让你自己有安全感，哪一种又更让男人有安全感？

相信我，在这个拼事业、拼进步的时代，没有哪个男人会真正嫌弃一个能挣钱的事业型女性。

只不过男人的野心有点大：他们希望自己的妻子不仅下得了厨房，还能挣得了money，最好还貌美如花。

也正是如此，我有时候会感慨，这是一个女性前所未有的艰难时代：社会需要我们做职场女性，但家庭需要我们做全职太太。我们既要满足GDP需求，又要完成大部分男性，甚至很多女性骨子里对传统女性的认知。

可是，这太难了。

但我知道，前所未有的艰难时刻，也正是突破认知局限的最好时机。

困则思变，你需要做的也许是静下来想一想你到底要成为什么样的女性。

所有女人，也不过只是一个谋生活的正常人，你没必要去做女超人，完美兼顾事业和家庭，也许真的有可能，但我觉得你不必勉强自己。

我的好朋友艾明雅说过一句话："不要觉得职场风云才是能力，贤妻良母亦是能力。有些能力你就是天生缺乏，你要承认这一点。"

我非常非常认同这句话。

同样的，如果你做不了贤妻良母，注定了要做风风火火挥斥方遒的事业型女性，而且在这份谋生里自觉坦荡欢喜，那么就请你享受这一点野心。

一个人的能力是有限的，能把自己最擅长的事情做好，家庭女性也好，事业女性也罢，选择令你舒服的那一种，无愧于心就好。

没有人规定婚姻是标配，更没有人规定事业型女性没资格拥有婚姻的入场券。

只有那些始终困囿于狭小格局的人，才会给女性贴上唯一的标签，而那些跟随着世界变化，重塑价值观、视野逐渐开阔的男人，会懂得尊重每一个认真生活的女性。

没有女人嫁不掉，无非是想不想的问题。

我希望你做这样的女性：不用结婚与否来衡量自己的价值，也不必活成任何人期待的那种样子。在不伤害别人的基础上，选好你自己最喜欢的那条路，认真一点、坚定一点地走下去。

也许仍然会有人说："看你朋友圈，觉得你这辈子都嫁不出去了。"

没关系，因为你压根也不差。

比中国女性更需要独立的，是中国父母

这个月，陪爸妈去了三亚度假。

其实，最初的打算是给四个老人买好机票，订好酒店，让他们好好去享受一下。但，临近启程，却不得不改变了计划。

因为感受到了他们不同程度的恐慌。

他们会有意无意地提及这些问题：大半个月都在外地，我们会不会对那里的环境不适应？平时很少坐飞机，我们会不会晕机？异地他乡，我们会不会迷路？

以及一个更严重的问题：如果你们不在，我们应该做些什么？

最后我只好放下所有工作，陪同他们一起出去。

但整个度假过程中依然出现了很多问题，集中表现为，他们四个一旦离开我和我老公，就或多或少会显得有些焦虑，不愿意去体验新的环境，也没什么兴趣尝试新的事物。

结果，仍然和在家里一样，四个老人围着我们两个团团转，复制他们一生的模式：为了儿女生活。

他们动不动会对我搬出这样一句话："爸妈这一生，都是为了你们，只要你们好，我们怎么样都无所谓。"

也就是在那一刻，我突然意识到：在提倡女性独立的当下，比中国女性更需要独立的，其实是中国父母。

中国女性尚且懂得为自己而活，只是过去因为社会环境的限制无法完全实现独立。但中国父母"为儿女而活"的意识，却根植于他们的思想体系，且被他们津津乐道，并将其奉行为"伟大"。

每一个父母都把"为儿女牺牲"视为天然正确，而把那些真正敢于活出自我的父母视为自私。

比如王菲。

基本上如果你不能为了孩子牺牲自我，那么你就一定不是"好父母"。

在我们家的亲戚中，我表婶是一个被大家极其憎恨的人。

年轻的时候，她爱美，我记得那时去她家里做客，走进客厅，一整面柜子里全是她各式各样的衣服，我第一次见到高跟鞋，就是在她的柜子里，红色漆皮的，白色细高跟的……对七八岁的小姑娘而言，她的衣柜有一种华丽的吸引力。

那时我暗暗发誓，要活得像她一样绚丽多彩。

可是，我每每从她家里出来，得到的却是大人们的耳提面命："你可别学她，你看她天天打扮成那个样子，哪儿像一个当妈的。"

然后他们会搬出一个非常"正面"的母亲形象来引导我，而那个所谓的"正面形象"却是黯淡的、隐忍的、牺牲的，只有一个影影绰绰的模糊剪影。

像是作家张晓风笔下那个永远吃剩菜，穿粗布衣衫，守着家里最后一盏灯，闩好所有门窗的母亲。

这是人们对于中国式母亲的印象：灰色调的，忍耐克制的，没有自我的。

所以偶尔有一个像我表婶这样追求个性、注重自我的母亲，便人人得以口诛笔伐。

事情发展到我表婶离婚的那一天，她所面临的羞辱更多了。

她和表叔离婚其实没什么恶俗的家庭剧桥段，只不过因为这两个人一个是新式人物，一个比较传统，长久相处下来，三观不合以至于怨怼渐生。

我表婶提出离婚的时候，他们的孩子刚上小学。

我记得非常清楚，那一天她婆婆将她所有的鞋和衣服扔了出去，说她不配做一个妈妈。

从此以后，我没有再见过表婶。因为大部分亲戚都恨透了她，所以渐渐地大家都不再来往。

当然还是会有人提起她，但那份提起里，全是鄙夷，而她所谓的"不配"做妈妈的理由，被他们翻来覆去说道，也不过是"爱美"和"不将就"。

在中国式育儿观中，牺牲是永远的关键词，你那份被彰显出来的独立人格，会让你变得格格不入。

最重要的是所有父母都错误地认为他们的牺牲能够培养出来更独立更优秀的孩子。

我见过这样的父母：为了孩子的教育问题，节衣缩食，换了一套又一套房子，儿子在哪儿，自己就住在哪里，为此失去了更好的工作机会，渐渐地和其他女性的距离越来越大，又开始整日恨天怨地。

我也见过这样的父母：为了让尚未满周岁的孩子睡个好觉，整晚整晚地抱着孩子晃来晃去。孩子没有养成良好的睡觉习惯，自己也累得满身是病。即使是有别人帮她照看孩子，她仍然不放心。

但事实是：前者的孩子成绩最好的时候，是在妈妈积极工作之时；后者的孩子，在她不在身边的时候，睡得反而更好。

所以，不是孩子离不开父母，而是父母离不开对孩子的那种关怀，或者说他们潜意识里享受那种被需要感。

心理学上有个专业词汇叫"Co-dependency"，即"关怀强迫症"。说的就是，依赖别人对自己的依赖，喜欢关怀别人时那种感觉。在我看来大部分中国父母都有这种"关怀强迫症"。

他们总觉得孩子是离不开自己的，但事实可能恰恰相反。

《爸爸去哪儿》里，为什么那些明星孩子都会在离开家长独立执行任务时，显现出超乎寻常的潜力？是因为孩子本身的独立人格在父母的过度关怀下渐渐退化，但一旦离开父母，那种独立性就会被激发出来。

所以，如果希望孩子独立，不如先做独立的父母，有一种爱叫"放手"，不应该唱给失恋的人听，而应该唱给每一个中国父母听。

过度依赖"付出感"也是一种不独立，而且要警惕这种不独立。当父母付出了自己的关怀，他们势必渴望孩子实现某种期待，而当孩子实现不了那种期待，结果就变成双方都失望。

越失望，越逃离，这就是为什么中国父母和孩子在成年后越来越疏远的原因。

心理学家丛非从说过这样一句话："真正的爱的结果是连接，绝不是远离。"

生而为人，每个人都需要自由，每个人都需要独立的心理空间去感受世界。父母子女这一生，如果要避免渐行渐远的宿命，那么就要学会做独立的个体。

越独立，越自由；越自由，越亲密。

爱自己100分，爱孩子及格就好，比起女性独立，我更希望看到中国父母的独立。

被尊重，是一个女人在婚姻中最起码的权利

最近，看到了三则新闻，一条比一条惨烈，让人对婚姻无比寒心。

第一则：产妇跳楼事件。目前已经很轰动，大概经过就是产妇因孩子比较大顺产有困难，要求剖腹产，结果一再被拒绝，疼痛难忍外加绝望至极，从医院备用手术室楼台上跳楼身亡。

而今，家属和医院各有说辞。

但无论如何，承担这个悲剧的是婚姻中那个无助的女子，生前，家属考虑的是自己的利益，医院考虑的是避免医闹风

险，死后，家属和医院最先想到的又都是撇清责任。

从始至终，没有一个人考虑到那个女子的情绪，更没有人想到她会选择跳楼，因为大家的想法出奇一致：生孩子都会疼，这不是什么太大的事情。

第二则：妻子抓小三，反被丈夫用车碾死。一名女子在楼下看到自家车子的副驾驶坐着一名陌生的年轻女人，便想去看个究竟。她拉住车把手试图打开车门，但里面的人就是不开。然后她就一直拉着那个把手不松开，然后她那个坐在驾驶位置的老公，启动车子，狠踩油门加速，将她卷进车底，碾轧致死。

更让人咬牙切齿的是，那个男人竟然连车都没有下。

同样的，从始至终，这个男人根本就没有考虑过自己妻子发现他出轨时悲伤、愤怒的情绪，而只看得到自己的利益。

第三则：一名妈妈猝死三天才发现。这个妈妈一直是自己带孩子，孩子的姑姑看他们家的灯连着三天都一直亮着，觉得不对劲儿，就上去看了看，结果发现妈妈已经去世，而孩子就坐在妈妈身旁吃零食。小孩子对死亡还没有概念，对亲戚说："妈妈睡着了，不要吵醒她。"后来警方前来调查，证明死因是心梗。

而孩子的父亲常年在外打工，竟然是从亲戚口中得知妻子的死亡消息。

这则新闻不同于前两则会让人愤怒，而是让人觉得无奈。

因为这世上实在是有太多这样的婚姻：女人自己一个人照顾家，照顾孩子，照顾老人，却得不到丈夫的关爱，即使发生了这样的悲剧，大家也只会把这种事情当个意外。

浇花洗衣，洒扫烹煮，生养孩子，理所应当。这是千年以来，人们对女人的定义。

这三个事件完全不相同，却共同反映出部分女性在婚姻中所面临的一个非常严重的问题：得不到尊重。

在我们所经历的婚姻当中，爱情从来不是最重要的，生育才是最终目的。

所以我们看到如此之多的惨剧：

前两年的一个新闻，一女子怀了九胎，检查结果都是女孩，于是婆婆逼着她流产，在第九次，她因子宫严重受损、失血过多而死。

我们还见过：产妇难产，生命垂危，丈夫与婆婆考虑的却是没了子宫以后怎么再要孩子，所以在医生问保大人还是小孩的时候，选择了沉默。

以及真实发生在我身边的事情：两个人青梅竹马，相爱多年，结婚后迟迟要不上孩子，女方承受着婆婆一家人极尽侮辱的言语，最后还是被逼着离婚。

还有前一阵风靡网络的一对夫妻的对话，男的说："要么给我们家生二胎，要么就离婚。"婚姻竟然脆弱至此：没有孩子就没有一切。

原来到头来，我们女性的核心能力只有一个：能不能生孩子。几千年过去了，女性在男人的眼里，寻根究底，撕去一切虚伪的外表，本质仍然不过只是一个生育工具。

怪不得越来越多的女性开始感慨：结婚有风险，生子要拼命，每一个在婚姻中能够存活下来的女性，都要感谢丈夫的不杀之恩。

何其惨烈！但似乎又不是危言耸听。

的确有太多女人"死"在婚姻之中，让人扼腕叹息的是开篇这些事情，但毕竟属于极端事件。我认为更应引起重视的，是另一种被忽略的——身心俱疲的"慢性自杀"。

嫁错了人，真的无异于慢性自杀，因为一忍再忍，积怨成疾。

我相信有很多女性都在过着这样的人生：在婚姻里把自己活成了免费保姆，伺候完老的，再伺候小的，没完没了，一眼望不到头的绝望。

作家张晓风在自己的书里回忆起自己的母亲时说：

"我无论如何不能把那个少女时期被外公宠溺的母亲和我认识的母亲联系在一起，从我有记忆起，母亲就是一个吃剩菜的角色，红烧肉和新炒的蔬菜简直就是理所当然地放在父亲面前的，她自己的面前永远是一盘杂拼的菜……到了夜晚，她会一个门一个窗地去检查去锁牢，她一直都负责把自己牢锁在这个家里。"

哪个母亲曾经不是穿着羽衣的仙女呢？只是她藏起了那件衣服，然后用最黯淡的那一件粗布把自己掩藏了。

当然，现在大部分女人不会沦落到天天吃剩菜，但婚姻中，女人仍然扮演着牺牲的角色。

而且不会有人因此理解你、尊重你，你的抱怨会被视为矫情，所有人会用传统为你戴上这样的枷锁：女人对家庭的付出是理所应当的，男人的无作为是可以被原谅的，几千年以来都是这样的。

是，所以从前的女人生孩子时死一批，被家暴死一批，一不小心活在后宫里，宫斗还要再死一批。她们一生都无能为力，而我们为什么要将这种无能为力延续下去？

在女人经济和精神都可以独立的今天，为什么我们不能要求被当作一个拥有独立人格的人来看待，男与女只有生命形态的差异，并无生命本质的区别，我们先是人，其次才是一个女人。

为什么越来越多的女人不愿意结婚了，真的不是因为她们喜欢钱，钱这东西，老娘我分分钟赚得比男人多。而是因为，越来越多的女性希望在婚姻里得到尊重，但是并没有。

有一个人曾经骂我说："现在离婚率这么高，都怪女人能挣钱了。"

对对对，您说得特别对，婚姻里最大的矛盾就是因为男性的思想转变跟不上女性的成长速度啊，女人已经开始从内部自我变革了，男人却还在狂妄自大。

柴静在《看见》一书里曾经这么说："我们的文化里，把生育当目的，把无知当纯洁，把愚昧当德行，把偏见当原则。爱情，应是一个灵魂对另一个灵魂的态度，而不是一个器官对另一个器官的反应。"

所以，请尊重并深爱你的妻子，她不是生育工具，也不是保姆，她和你一样，是一个有灵魂的人。

波伏娃在《第二性》里写："男权社会中男性的霸权，不仅在于男性定义社会习俗，还在于男性来定义什么是女性。"

我们终其一生，就是要摆脱这种定义。但愿这次事件引起的爆炸式议论，能让更多的人明白：被尊重，是一个女人在婚姻中最起码的权利。

三观不合的婚姻到底有多可怕

前些日子，很久没见的老同学们聚会，其间，聊起婚姻的问题，有几个仍然单身的姑娘说："其实也不是一定要嫁给爱情，但至少要三观相合。"

然后，很多结了婚的纷纷附和：对，一定要找一个三观相合的人结婚。

好像这些年来，在择偶条件上，三观相合已经成为最重要的一项。之前看过一个报道，一份《中国"95后"数据报告》里显示，三观一致是"95后"们最看重伴侣的一个条件。

郑爽在一次采访中也说，关于恋爱和结婚，颜值不是她所在意的，三观才是。

为什么越来越多的人想和三观相合的人在一起？不过是因为我们日渐发觉：和三观不合的人相处，真的太累了。

我有一个朋友说，她结婚近十年，从来没有停止过争吵。大到孩子教育、家庭消费，小到一日三餐、今天垃圾谁来倒，都能吵得面红耳赤。

终于忍无可忍，两人离婚，她把离婚的原因归结为：三观不合。

她认为孩子的教育是家庭第一大事，能最好就最好。他却说，儿孙自有儿孙福，不必在孩子身上花太多钱。

她认为美美美、买买买是女人的天性。他却抱怨她太爱花钱，不懂节约。

她喜欢浪漫，他说浪漫是浪费。她喜欢旅行，他说旅行是给别人的家乡添堵。

没什么谁对谁错，但总之就是她喜欢的，他都排斥。一个总是想往东，一个偏偏要往西，两个压根没有生活在一个世界的人，互相拉扯，又都不愿意做出让步，当然很累。

婚姻也好，爱情也好，其实人与人之间所有的关系，说到底都是价值观与价值观的碰撞。这世上当然有天生就相同的人，他们的喜好、经历、性格都很合拍，所以天生就该是一对，但这种情况毕竟太少。

　　纷扰俗世里，更多的其实是价值观并不完全契合的人，但何以有些成了神仙眷侣，有些则成了泣血怨偶？

　　最重要的便是这个"合"字，你要找的不是一个三观相同的人，而是三观相合的人。

　　什么是三观相合，少女兔写过这样一个段子：

　　你喜欢看书，他喜欢玩游戏。这不叫三观不合。

　　你喜欢看书，他说看书有什么用，不就是装文艺嘛。这才是三观不合。

　　你喜欢去西餐厅吃牛排，他喜欢在大排档撸串。这不叫三观不合。

　　但是他说那玩意死贵，还不好吃，说你做作。这就是三观不合。

　　说穿了，就是懂不懂得互相尊重，允不允许和自己不同价值观的存在。

　　所谓三观相合，是有自己的原则，但接纳世界的多样性，而不是将自己的价值观凌驾于别人的价值观之上。

　　一个觉得自己什么都好，什么都对，而别人只要和他不一样，就是错的人，千万别和他结婚，因为他压根不知道什么叫君子和而不同，所以你在他这里永远也得不到尊重，更别指望能和他三观相合。

　　一个三观里只有自己、没有别人的人，往往是比较狭隘的，除非你完全牺牲自我，变成和他一样的人，否则你不可能得到他的认同。

你真正应该结婚的，是那些懂得尊重并愿意包容你的人。一对夫妻，但凡彼此懂得尊重，日子便不会太难过。

亦舒写过一个故事《蝉》：女主角彭祖琪养尊处优，心性天真，纵情享乐，男主角郁满堂精明能干，心机深沉，是一个极其入世的人。

人人都觉他们不配，但女主角的堂兄看到他们彼此尊重，互相包容，却放下心来，知道他们的婚姻，即使没有太多爱，但靠着这一点尊重，也能平稳度过。

相爱而且尊重的是三毛和荷西，三毛一直喜欢浪迹天涯，心心念念要到撒哈拉去，荷西得知，毅然申请将工作调至撒哈拉。三毛后来在《撒哈拉的故事》里写，就在荷西为她而来到撒哈拉的那一刻，她已经决定生生世世不离不弃。

因为她知道，荷西并不喜欢撒哈拉，却愿意尊重她的选择，牺牲自己的喜好。

后来，我看三毛写她和荷西的相处，怎么看怎么和谐，并不是因为两个人三观多么相同，而是这两个人，都懂得尊重对方的价值观。

三毛总是有很多稀奇古怪的想法，荷西不理解，但愿意随她自己瞎折腾，荷西有时候特别固执，三毛却愿意包容。

出生在西方的荷西和成长在东方的三毛，三观真的相同吗？未必，但这两个人却是三观相合的人，那是因为他们允许两种不同的价值观，各自存在于各自的体系里，然后从这中间找到了一个平衡点，彼此都有牺牲忍耐，但彼此也都得到了最想要的——爱。

婚姻是小摩擦和大包容。

即使小摩擦不断，但只要大包容这个基调还在，终有一日，那些棱棱角角也都会被抹平。

很多人容易矫枉过正，遇到了价值观不同的人，受到了一点伤害，就变得武断，认定了对方必须什么都和自己一样才能结婚，但其实当你这么做的时候，你就已经变成了不懂得尊重的人。

这世上很难有价值观完完全全相同的人，却多得的不同价值观完美融合的人，因为夫妻间的彼此尊重，决定了他们是不是三观相合。

所以，最重要的根本不是去寻找一个和自己一样的人，而是找到一个不狭隘、不自私、足够有包容心的人，渐渐地你会被他身上那种宽广的气质所感染，同样成为一个愿意包容、善于体谅的人。

和一个尊重多样价值观的人在一起，你就会明白人生的活法有很多种，也会知道这世上从来没有所谓的"我应该"。三毛和荷西，杨绛和钱锺书，这些完美伴侣都有一个共同的特质：尊重和理解生活的多样性。

三观不同，不是灾难，但不懂尊重的三观不合，就真的不必凑合了，因为凑合到最后，你会发现自己的世界越来越小，只容得下鸡毛蒜皮。

这世间最不该计较的就是夫妻

春日闲闲，窝在家里看杨绛先生的《我们仨》，读到这几段，颇为感慨。

留学英国期间，杨绛怀孕，钱锺书谆谆嘱咐："我不要儿子，我要女儿——只要一个，像你的。"杨绛却说："我要一个像锺书的女儿。"

后来孩子出生，杨绛在医院坐月子，一向笨手拙脚的钱锺书突然一个人生活，很不适应，常常犯错误。

他每回来医院里看望杨绛，都苦着脸说："我做坏事了。"他打翻了墨水瓶，把房东家的桌布染了。杨绛回说：

"不要紧，我会洗。"

再过几天，钱锺书又把台灯砸了。杨绛仍然说："不要紧，我会修。"

钱锺书额头上生了一个疔，护士说需要做热敷，杨绛也是温柔一句："不要紧，我会给你治。"

于是，每次钱锺书犯了错误，诚惶诚恐地来，却因为杨绛那一句"不要紧"，又放心回去。

后来回国，因为钱锺书的工作问题，两人意见不同，杨绛本想争执两句，但想起从前两人吵过一次的经历，纵然赢了，也觉得无趣，便决定保留自己的脾气，不勉强钱锺书。

杨绛先生因此在书里写下这样两句话：

我说不要紧，他真的就放心了。

遇事，两人要商量，我们没有争吵的必要。

每每读至此处，总是忍不住眼眶泛红，这样细腻温暖的感情在如今，真是太少了。

总觉得现在的夫妻或者情侣，已经越来越不懂得如何包容对方，更不会像他们这样，在另一个人犯错的时候，仍能学着好好说话。

互相怨怼，彼此迁怒，一言不合就开撕，为了一点点小事，争得面红耳赤，甚至大打出手，是现在很多夫妻的日常。

包括我自己也是这样，总是不耐烦。

记得有一段时间因为工作上的事情出长差，走之前交代老公，让他照顾好家里的花花草草。平常都是我在打理，他哪里懂这些，所以哪些花喜水，哪些花耐旱，他完全不清楚。大半个月之后，我回来，发现家里的花枯了一小半。

我顿时很生气，把正在浇花的他大骂一顿："好不容易养了大半年的花，不过交给你几天，你就给我养成这样，这么点小事，你都做不好，要你这种男人有什么用啊。"然后牵一发而动全身，又数落起他老早以前做的错事，没完没了地抱怨。

本来一点点小事，因为我的上纲上线，说多了他也烦，自然不能忍耐，同样专挑我的弱处攻击，终于吵得一发不可收拾。

这样的吵，在婚后的第二年持续了很长一段时间，以至于我们都后悔，当初为什么要结婚。

为什么我要为了他抛弃自由和浪漫换回现在的一地鸡毛，又为什么他要为了我改变志趣和三观，换回如今的满腹辛酸。

李碧华在《胭脂扣》里写：

二人形容枯槁，三餐不继，相对泣血，终于贫贱夫妻百事哀，脾气日坏，身体日差，变成怨偶。一点点意见便闹得鸡犬不宁，各以毒辣言语去伤害对方的自尊。于是大家在后悔：我为什么为你而放弃锦衣玉食娇妻爱子？我又为什么为你而虚耗芳华谢绝一切恩客？

写的虽是如花和十三少，但真是道出了千千万万夫妻的心事。

刘震云的《一地鸡毛》里同样也倾诉了家庭生活的牢骚满腹。两个人不过是因为一斤豆腐没放冰箱而馊掉，便互相指责，彼此推卸，长长短短连起一辈子的鸡毛蒜皮。于是两个人都感慨，怎么会变成这样呢，明明当年也是郎才女貌。

为什么不这样呢？一定会有过来人告诉你，哪对夫妻没撕过？习惯就好。于是慢慢地大家都忍了，都怕了，都对婚姻没有期待了。

可其实，婚姻的样子，并非都是一地鸡毛。

陆毅与鲍蕾结婚多年，很少争吵；黄磊与孙莉有了三个孩子，仍然恩爱如昨；杨绛与钱锺书，一辈子都在演绎爱情的美好。

也有距离我很近的模范夫妻，我外婆要强得不得了，但是和我外公结婚五十多年，从未大吵过，两个人彼此一笑间，连我们这些小辈都感慨，太甜了。

我一直在想，同样是婚姻，我的，和他们的，为什么两种模样。直到我外婆教训我：因为你太计较了，这世间最不该计较的就是夫妻。

想起杨绛翻译兰德的一句话：我和谁都不争，和谁争我都不屑。这是她一生为人处世的价值观，对待婚姻她亦如此，在琐碎的生活里，她也有无数次怒火腾升的时刻，但想到夫妻之间，吵赢了也无非两败俱伤，便不再计较。

黄磊也说：我们的婚姻基本不吵架，遇到什么事情，我基本能把她逗乐啊。睿智的男人，从来不跟自己老婆去计较。

《一地鸡毛》的最后，刚经历过夫妻吵架的男主人，心里想的是：如果老婆能贴心地想着我，也就没有什么不满足的了。

一辈子很长，我们所求的不过也是有个相伴一生的人，既然找到了，又何必咄咄逼人，逼得婚姻无处安放。

想让自己的婚姻，没那么多争吵不休，不如从好好说话开始，想让自己的爱情，一如从前的模样，那么便要学着不那么计较。

夫妻之间，计较什么呢？再计较，也不过是杀敌一千，自损八百。

我希望你们的婚姻是这样子的：

他有点傻气，犯点小错，而你总是温柔地说："不要紧。"你糊里糊涂，莽莽撞撞，而他总是笑着说一句："没关系。"

婚姻中最重要的仪式感是用一辈子慢慢爱一个人

《奇葩说》有一期的辩题是：婚礼有没有必要。

其实，这个辩题对我来说，没什么可争议的。什么是必要？吃饭、喝水、呼吸是必要，至于婚礼，我觉得很简单，想办就办，不想办就不办，从这个角度来说，应该不算必要吧。

但这个话题，一度引起了在场所有导师的热议，包括嘉宾黄磊。他在节目里坦言：婚礼是一场盛大的告白和仪式感，如果将来有个男人说不办婚礼，那么他一定不会把女儿嫁给那个人，因为这种仪式感都不给，不能嫁。

这一番言论，戳中了很多女孩的心。她们由此展开想象，一个即将叫作丈夫的男子，缓缓从老父亲的手中，接过万众瞩目的自己，说出那一句："我会好好照顾她。"音乐、灯光、掌声、鲜花，在那一刻，只为她一人。如此梦幻，如此盛大，连她自己都在想象中恍惚，觉得人生至此，已然是个美好的结局。

就好像我们小时候看过的童话故事，王子和公主快乐地在一起，所有人都告诉你，这是个大团圆的结局。却从来没有人告诉你真相：那些在一起之后的岁月，才是人生中最大的考验。

谁知道他们到底是举案齐眉，还是相对泣血？谁知道很多年后，王子和公主，会不会在荆棘满布的人生中，彼此放开手，以最现实最凄凉的姿态，把童话改写成悲剧。

所以，婚礼并不是一个美好的结局，只是以一种闹哄哄的喜闻乐见的形式，开启人生的另一个阶段。

婚礼不是重要的，婚礼过后，那段携手的漫漫时光，才是最重要的。

我倒是蛮喜欢张泉灵对待婚姻的态度：在乎的是婚姻，而不是婚礼，看重的是婚姻中磨合相处的艺术，而不是流于形式的仪式感。

张泉灵提到自己婚姻生活中的一个细节：她和先生当年结婚，买完戒指之后，先生觉得戴着不方便，她欣然同意他可以不戴戒指，多年后，她自己因发胖，戴着不舒服，便也放弃了。

视频弹幕中有人吐槽：不戴戒指，是方便出轨吧。戒指毕竟是一种象征，仪式感这么强，怎么能说不戴就不戴。

但张泉灵就是没戴，可也不见得人家婚姻就有问题。其实，我挺反感那些，以自己的仪式感去要求别人同样复制这种仪式感的人。

结婚就一定要办婚礼吗？婚后就一定要戴戒指吗？社会给我们的既定印象是：好像不做这两件事，就代表我们的感情有问题。

可我一定要说：两个人，是否相爱，内心的感受才是最重要的。婚礼、戒指，都是过于形式的东西，它既不能肯定什么，也不能否定什么。

我也是一个结了婚的人，办了婚礼，因为我喜欢。但直到今天为止，除了婚礼那一天，我再没戴过戒指，一来，我不喜欢任何首饰，二来因为一直在写作，所以很不方便。

所以，婚戒这种对别人来说很有仪式感的东西，于我，只有负累。那么，为什么我一定要去勉强自己的内心，做一件迎合别人但完全没爽到自己的事情呢？

可是，如果你说我不爱自己的老公，那，我想，我老公会第一个站出来反驳你。

仪式感，从来不是别人说好美好喜欢，于是你也跟着瞎凑合。

我曾经在写自己外婆的时候，说她为了四代同聚一而再再而三地把自己的生日提前，以至于我们都渐渐忘记了她真正的生日。她也不在乎，觉得出生年月不过是个形式，没什么值得纪念的，这么多年一直让她念念不忘，反复回忆的，是儿孙绕膝、欢聚一堂的那个瞬间。

这是我以为的仪式感：以自己的意愿，收纳人生的寂静欢喜、热泪盈眶。

比如张泉灵和先生的约定：如果对方睡觉打呼噜，那么另一个人别打扰，别心烦，换个屋子继续做梦，但如果两个人那天吵架，则要相互拥抱，达成谅解。

又比如罗振宇和太太的约定：每天早上，不管谁先起床，都为对方挤上牙膏。

这些细小但却铺陈到生活中每个角落的关怀，绵远流长，远比一场婚礼，来得更为感动。婚姻生活当然是需要仪式感的，但彼此尊重，彼此自由，同时万分珍惜，才是婚姻中最重要的仪式感。

有人喜欢情人节、纪念日，约定了那一天要大把钞票、大捧鲜花地作天作地，这当然是一种仪式感，但也有人，从未有节日概念，却把每一天都当作最珍贵的日子来对待，谁敢说这不是另一种仪式感？

《老友记》里，莫妮卡和钱德勒结婚，两人幻想了很多很多关于婚后的生活细节，生一个孩子，住在喜欢的房子里，每天晚上互道晚安，他们想了那么多，却没有一条是关于婚礼的，后来莫妮卡终于明白，她想要的不是婚礼，而是婚姻。

电影《勇敢的心》满屏的悲凉中，最温暖的一幕是：

华莱士对梅伦说："农事会很繁忙的，但等我两个儿子来临时就会改变。"

梅伦："你有孩子？"

华莱士："还没，但我希望你能帮我。"

这是他们对于未来生活的想象，无关婚礼，只有琐碎生活里的那些小确幸。可我觉得美好极了。

有很多人，曾有过灿烂至极的婚礼，却也没抵过尔后的一地鸡毛；也有很多人，民政局扯个证，盖个戳，简简单单生活在一起，却在细水长流中，看遍人生风景。

再美好的婚礼，也拯救不了一场糟糕的婚姻。

千万别纠结他们所说的仪式感，婚姻中，最重要的，是相处不累，是志同道合，是彼此担待，是心存珍惜，而不是为一些所谓的形式本末倒置，无穷尽地撕扯下去。

当两个人十指相扣，在心底写下那句：我愿意，并决定从今好好在一起的那个瞬间，你们就已经获得专属的仪式感。

而当你们，在婚姻长河中，跋山涉水，始终没有抛下对方，你们就已经将婚姻里的仪式感进行到底。

直到今天，我最庆幸自己拥有的仪式感，不是婚礼，而是，在一起。

　　婚姻这条路，要走很久很久，你和他会有比婚礼更美好的时刻去见证，会有比婚戒更珍贵的东西去拥有。

　　婚姻中，最重要的仪式感是用一辈子慢慢爱一个人，而不是靠一个婚礼，靠几个纪念日，就过完了一生。

　　出门逛街，顺带买个菜回来；电影院看电影，靠着他的肩膀吃完一整桶爆米花；想到第二天是周末，去超市买了鲜花和水果，精心准备好一桌子饭菜等他归来……

　　我非常喜欢维吾尔族的一句谚语：除了死亡，都是婚礼。是的，当你正活在自己的想象中，每一天都美好而温暖，你就在自己的婚礼中。

　　只把结婚典礼当仪式感的人生，未免太过单薄，我更喜欢张泉灵那一种爱咋咋地，尊重仪式，但不被形式所迫的人生。

我们相互嫌弃，却又不离不弃

朋友圈里有个姑娘说："结过婚的出来聊两块钱的，我才结婚一年，一言不合就吵架。我想知道，是我太悲惨，还是大家都一样。"

她说，不过是做顿晚饭，一个哆嗦，盐放多了，他就不耐烦，说她厨艺欠佳，她当然不爽，两个人就吵了起来。

姑娘很郁闷，说结婚前不这样的。

那当然，结婚前，也没耳鬓厮磨啊，隔着一段婚姻的距离，你那么貌美如花，他那么风流倜傥。结婚后，大不一样，一日三餐，终日相对，你卸了妆有几个斑，他一清二楚，他脱掉衣服，身上是肌肉还是肥肉，你也火眼金睛。

没人比你们更熟悉彼此，别人都只看到他一面，你却看到了多面，有点怨言，再正常不过。

我给姑娘甩过去一句话："知道吗？在这个世界上，即使是最幸福的婚姻，一生中也会有两百次离婚的念头和五十次掐死对方的想法。"

吵架是婚姻中再正常不过的事情了，不要觉得你过分特殊，谁不是今朝欢喜，明朝怨怼，这么一路走过来的？

艾明雅说："如何鉴定一对原配，看他们三句话能不能吵起来。"

还真是。结婚两年，每次吵架，无非鸡毛蒜皮。今天我可以因为他把我急用的化妆品乱塞进柜子里，对他大发脾气，明天他也会因为我给他买错了衣服颜色，抱怨我眼神太差。

他嫌弃我傲娇懒散又倔强，我讨厌他拽屁没品还流氓。可是也就这么着，一言不合翻脸，一言不合啪啪啪地生活了这么多年。

这是多少中国夫妻的写照？

我妹说："姐啊，你和姐夫认识了十来年，结了婚还免不了吵架，我看我还是不结算了。"

我反问她："你以为结了婚后，该是什么样子？"

她说："难道不应该是太太出门跟从，太太命令服从，太太说错了盲从；太太化妆等得，太太生日记得，太太打骂忍得，太太花钱舍得？最不济也应该相敬如宾吧。"

相敬如宾？吓得我当时一口盐汽水差点没把自己淹死。

互相把对方当成座上宾来看待，这样的婚姻未必就是好姻缘啊。曹雪芹说得多好：纵是齐眉举案，到底意难平。

贾宝玉和薛宝钗够相敬如宾吧，可谁都知道，宝玉爱的是林妹妹，那个三天两头使小性子、动不动就和宝玉吵架的林妹妹。

他们吵起来，惊天动地，老太太出马来劝和，可是他们好起来，却是那样至死不渝。

所以吵架又怎样，多少夫妻根本就是怎么吵也吵不开的一对儿。

有时候，大家真是放大了婚姻里的吵架，以为那是婚后的一地鸡毛，抑或吵架揭示着两个人一旦走进了婚姻，就踏入了围城。

终于，很多年轻的男男女女在别人日复一日的吵架中开始恐婚，他们不能想象从婚前的两小无猜到婚后的柴米油盐。

有人问我说："结婚是什么感觉？"我说："没想象中可怕，挺好的。"

她笑我，必定是刚结婚。不不不，从2013年初领了红本之后，差不多也有四年，我是真的没觉得婚姻有多可怕。

有人说，婚姻是围城。是，我得认，结婚后，势必要为对方考虑，婚姻会成为温柔的牵绊。但围城，可以围起你，也可以保护你。

于我，两个人哪怕吵到天翻地覆，但只要第二天一觉醒来，躺在身边的人还是他，就有莫名的安心。婚姻给我的安全感，不是恋爱可以代替的。

所以，我觉得每一个女人都无须害怕婚姻中的吵架，最怕的是他懒得搭理你。

为什么林妹妹和宝哥哥吵个不停？因为彼此太期待。太期待被爱，太容易烦恼。

还是老一辈的人眼睛毒。我妈有次看见我俩三句话不到吵了起来，半小时后，又说说笑笑钻进厨房洗手作羹汤，不住地说："嗯。放心了。是能过到一块去的人。"

如果你经历过婚姻，你一定懂我妈说的话。夫妻情本就是世间最接地气的感情，也是最深厚的感情。两个人，年年岁岁，一桌子吃饭，一床上睡觉，前一秒开撕，后一秒啪啪，吵吵闹闹，竟也天荒地老。

我们相互嫌弃，我们不离不弃。吵不散、闹不开的都是绝配。所以，你怕什么呢？

不过就是他损你两句，你还他一嘴。日子该怎么着还怎么着。

最怕就是两人太把吵架当回事，以为数落一句，就是不爱。

我常常听有些姑娘说："攒够了失望就离开。"她们眼里的失望小到不能再小，全是柴米油盐的恩怨。

其实，真的小题大做了。

婚姻是一台电冰箱，忽冷忽热在所难免，离不开日常的调适和维护。

一失望就离开，只怕要永远失望。

温格·朱利说："家庭既然是难言之隐的避难所，婚姻就应该具有藏污纳垢的能力。"

我特别赞同这句话。很多女人都太过理想化婚姻，所以特别容易失落。但回头想一想，难道不是越亲密的人之间，越容易看到对方阴暗的心思吗？

没有人十全十美，每个人都自带欲望。要允许爱情有私心，要接纳婚姻里无关紧要的小龌龊。

企图在婚姻里，避开不堪，是不可能的，最好的方法是面对。

人始终是要面对现实的，唯有看懂爱情中的阴暗面，谅解对方人性中的自私，才能真正懂得如何相守。

时至今日，我不再有少女时期的彷徨，更无惧婚姻中的吵闹。

从爱情到婚姻，和我在玩的倩女没什么区别，不就是一个不断升级的过程嘛。我只要不间断地打老怪，刷装备，提升战斗力，就能进入下一个阶段，段位不够，大侠重新来过，谁怕谁啊。

最重要是心态的转变：别把吵闹当天塌，别把婚姻当童话。

当然，天天吵架，那就得反思了。我和老公有约定，吵架不过夜，实在气不过，啪啪啪来消气。

吵吵闹闹，起码热热闹闹，最怕你把日子过冷了。

《幸福婚姻法则》里的定律送给大家：

1.太太定律

第一条：太太永远是对的；

第二条：如果太太错了，请参照第一条执行。

2.孩子定律

第一条：孩子永远是孩子，丈夫也是孩子；

第二条：当丈夫引起你的不满时，请读三遍第一条。

3.家产定律

第一条：除了一张双人床外，其他一切东西都可有可无；

第二条：当日子过得愈来愈烦琐，请共同高声朗读第一条。

希望我们都能把日子过好，让情感专家们另谋出路。

前几天去吃饭，闻到有家夜市摊儿的馄饨特别香，便随手拉了个凳子坐下来，向老板要了碗馄饨。

正吃着，两个女孩从身边走过，其中一个说："你不会准备在这儿吃吧？你看这地方，脏死了。好歹你也是个背着几万块LV的人，怎么能和这种一个月就挣个几千块钱的人在一起吃饭，这根本不是我们这种阶级的人该来的地方。"

然后那个女孩一脸嫌弃地拉着她的同伴走了。只是在那一刹那，我觉得那个背着LV的女孩一点也不高级。

因为在她眼里只有钱，而没有尊重两个字。

可是这样的事情，如今越来越多了。

之前有一次，有个音乐剧上映，因为要写宣传，所以剧务送了我两张位置很好的VIP票。演出剧场很大，人陆陆续续进来后，就是黑压压一片，声音也比较吵。

坐在我前边的一个人，回头看了一眼后，轻蔑地嘟囔了一句："真是搞不懂那种穷人，没有钱，回家看电视就好了。非要买那种垃圾位置便宜票，搞得这里乌烟瘴气的，真影响心情。"

在那个有钱买VIP票的人眼里，没钱的人配不上一切美好生活。

这两件事儿，其实不止，生活中很多现象都让我心惊，比如有一天，看见一个爸爸教育自己的孩子，他指着路边的清洁工说："孩子，你得好好努力，不然将来就会成为他们这样的人。"

那些清洁工是怎样的人？没钱的人。在那个爸爸的眼里，也是辛酸的人。

我甚至还在街头听过这样的话："活得那么穷，你干脆去死好了。"

凡此种种，都让我觉得可怕：

这个世界，已经只认钱了，在我们既定的价值观里，人一定要有钱，否则，就是辛酸，就是失败，没资格谈生活。

可是你怎么知道，那一碗地摊上的馄饨，不比你身上的LV，更有滋味？

你怎么知道，那些坐在嘈杂环境里，买一张最便宜的票，和最心爱的人拥抱着欣赏音乐剧的"穷人"，过得不比你幸福？

你又怎么知道，那些风餐露宿，靠自己的手，扎扎实实挣生活的普通人，不比你活得更真实、更热烈？

凭什么？

你凭什么用自己的观念，去衡量他们的价值，你凭什么这么有优越感？仅仅，就凭你的钱吗？

可我知道的是，幸福有时候和钱没有关系。

当我回到家，家人为我端上一碗热汤，那幸福，比在星级酒店里觥筹交错，高级太多。

没错，世界的确在用钱划分阶级，可我们能不能不要迎合这种划分，再用钱衡量一个人的幸福与否？

人生这么艺术性的东西，不应该因为住高档别墅，还是出租屋，而有高低之别。

比钱更重要的，是我们生而为人的本身。

人是维系一切关系的基础，社会的崩坏一定从人的崩坏开始，从人与人之间的裂缝开始，从眼里看不见别人，不懂得尊重开始。

社会慈善工作者贾桂林·诺瓦格拉兹在TED演讲里说过一句话：我们都曾以为经济收入是维系人的链条，但我们都错了，因为作为人，我们更渴望的是能够看到彼此。

贾桂林·诺瓦格拉兹一直在做耐心资本的投资，她们通常会给那些有远见，将穷人看成变革先锋的投资，而放弃那些以赚钱为首要及唯一目的的企业家。

她说她的梦想是，有朝一日社会不仅仅赞扬那些获得投资的人，或者基于那笔投资而创造更多财富的人，而是去赞扬那些从社会获得资源，而后付诸努力，让世界变好，让道德标准得以提高的人。

只有当我们去赞美那些人，给予他们认可和尊重的时候，这个世界才会发生真正的改变。

说得简单点，就是大家不仅仅捧有钱人的场，而且尊重每个努力生活的普通人。

心理学博士罗伯特·科里斯也讲过一个六岁女孩的故事，她是第一个在新奥尔良州进入非隔离学校上学的黑人女孩，每天这个六岁的女孩都会穿上美丽的衣服，神气地走在一大堆白人中间。那些白人会大声尖叫，说她是一个魔鬼，甚至威胁说要使她毁容。

罗伯特每天看着这个女孩，她一直觉得那个女孩在跟别人说话。他于是问："你说了些什么？"那个女孩子说："科里斯先生，我没有在说话，我只是在祈祷。我祈祷上帝可以原谅他们，因为他们不知道自己在做什么。"

那个女孩只有六岁，就已经在过一种眼里看得见别人也足够自重的生活了。因为她让大家相信，原来每一个人都有权利接受教育，原来那些被人看不起的阶级，灵魂如此高贵。

懂得尊重别人的人生，就是不以功利为目的，看得起自己，同时把"人人生来平等"的信念传递给每一个人。

世界正在以穷人和富人划分阶级。

但我希望，身为穷人我们能够明白，我们并不卑贱，身为富人，能够懂得，灵魂不以钱核算。

但愿我们每一个人，都不仅仅活在满是金钱味道的人生里，而是更多地去过一种内在的生活。

我很喜欢犹太学者约瑟夫·索罗维奇的一套理论，他认为人类的本质可以分为两面：亚当一号和亚当二号。

亚当一号是世俗的、雄心勃勃的，是我们本质外在的一面，这一面享受金钱和成就，座右铭是"成功"，亚当二号则更追求内心融合，座右铭是"爱、拯救和回报"。

纽约时报评论家大卫·布鲁克斯认为这两种本质依照不同的逻辑运作，亚当一号是经济学的逻辑方式：投入产出模式和风险回报模式；亚当二号是道德的逻辑，你不得不放弃外在的一些东西去获得自己内在的力量。

布鲁克斯说："碰巧，我们生活在一个支持亚当一号的社会中，经常会忽视亚当二号。这会使我们成为一个精明的动物，会变得无情、爱计较。"

我始终认为，一个好的时代，是追求亚当一号的同时，去建立一个坚固的亚当二号，认可外在的成功，同时赞美内在的价值。

一个一切向钱看的社会里，我们会没有坚定的信仰，会失去丰富的情绪，不相信承诺，更不相信任何人。

想起《关于山本耀司的一切》里，设计师山本耀司那个无奈的一问："浮躁是这个时代的关键词，这是一个丢失了哲学和思想的时代。因此，作为有钱人象征的时装、名牌压垮了日本。思考关于成年人的深刻疑问，在痛苦中寻求解决方法，那些都被认为是过时了、过气了。不单是年轻人，对于每个人来说，今后生活中最重要的东西就只有钱了，这样真的好吗？"

但愿穷过的能懂，富过的能明白：钱不是一个人的全部，身为穷人你不贱，身为富人你未必贵。

金碧辉煌的富贵人生，是一种人生，活色生香的烟火平凡，也是一种人生。